Numéro de Copyright

00071893-1

LA LOI DU TALION

Octobre 2021

Roman

« À nos petits Anges »

LA LOI DU TALION

Auteur
José Miguel RODRIGUEZ CALVO

Ce Récit est une fiction.
Toute ressemblance avec des faits réels, existants ou ayant existé, ne serait que fortuite et pure coïncidence.
Le Code de la propriété intellectuelle interdit les copies ou reproductions destinées à une utilisation collective. Toute représentation ou reproduction intégrale ou partielle faite par quelque procédé que ce soit, sans le consentement de l'auteur ou de ses ayants droit ou ayant cause, est illicite et constitue une contrefaçon, aux termes des articles L.335-2 et suivants du Code de la propriété intellectuelle.

Synopsis

Gérard Mercier, dit Gégé, 39 ans, sans ressources depuis six mois, après son licenciement abusif de son poste d'employé de bureau, dans le grand laboratoire « Mhédex », erre dans les rues de la capitale. Mi clochard, mi alcoolique, il vivote chez sa mère Lucienne, soixante quinze ans, dans son minuscule appartement à « Le Pré-Saint-Gervais ». Il passe la plupart de son temps accoudé aux comptoirs des nombreux troquets du quartier, notamment le « Bourgogne » bar tabac, tenu par son ami Lambert, situé Boulevard Ornano « Porte de Clignancourt » dans le 18e arrondissement de Paris.

Un beau jour, il trouve par hasard un bulletin « d'Euro millions » Gagnant le jackpot de 180 Millions d'euros.

Cette manne d'argent tombée du ciel, va chambouler sa vie et celles des patrons du labo, puisque Gégé va chercher à se venger de toutes les humiliations subies pendant les treize années travaillées chez « Mhédex » sans le moindre avancement.

© 2021 Jose Miguel Rodriguez Calvo
Édition : BoD - Books on Demand
12/14 rond-point des Champs-Élysées, 75008 Paris
Impression : BoD - Books on Demand, Norderstedt, Allemagne
ISBN : 9782322397143
Dépôt légal : Octobre 2021

1

PARIS, Porte de Clignancourt

Bar « Le Bourgogne »

— Putain Gégé, c'est pas possible ! T'as les cinq numéros et les deux étoiles, c'est pas vrai ! Non c'est pas possible, je rêve ! Attends, je vérifie de nouveau ! s'exclame Lambert, le patron du bar-tabac *« Le Bourgogne »*.
— Ne me dis pas que j'ai gagné quelque chose ?

rétorque Gégé, un client assidu moitié clochard.

— Quelque chose ? Tu as gagné le jackpot à l'euro millions mon vieux, les cinq numéros plus les deux étoiles, tu es plusieurs fois millionnaire !

— Arrête ! Tu me fais marcher !

— Mais approche, viens voir ! C'est incroyable, je n'ai jamais vu ça, et tu sais ce que vaut ce fichu bout de papier ?

Cent quatre-vingts millions d'euros, oui Gégé ! Une fortune !

— Allez ! Lambert ! Tu me fais marcher, arrête de déconner !

— Mais non je te dis, tu es multimillionnaire, regarde !

Gégé, tout étourdi n'en revient pas. Il est totalement submergé par la nouvelle, sans vraiment y croire. Il s'exclame machinalement :

— Allez ! Du champagne pour tout le monde, c'est ma tournée !

— D'accord Gégé, tu peux pas savoir comme je suis content pour toi !

Mais va vite le mettre en lieu sûr, c'est un conseil.

Gégé, autrement dit, Gérard Mercier, trente-neuf ans, célibataire, d'un caractère réservé et timide ne s'est jamais marié. Il a bien eu quelques petites aventures avec des femmes un peu douteuses, mais rien de sérieux. Pas non plus d'amis, à peine quelques copains de beuverie et pas la moindre activité sportive, et moins encore intellectuelle.

Ses journées, il les occupe à de longues balades sans but dans les rues de la ville, ponctuées ici et là par des pauses dans les bars, à boire quelques bières avec de furtifs copains de bistrot.

Il vit péniblement avec le RMI et la petite retraite de sa mère, « *Lucienne* », soixante-quinze ans, veuve depuis une quinzaine d'années, lorsque son mari eut un accident de travail mortel à la SNCF où il avait toujours travaillé à l'entretien des voies.

Elle occupait depuis lors un minuscule appartement au Pré-Saint-Gervais, situé en proche banlieue du Nord-Est parisien, que le couple avait réussi à acquérir lorsqu'ils s'étaient mariés.

Gérard, a été malheureusement licencié d'une façon peu orthodoxe, pour soi-disant faute professionnelle, et de ce fait s'est retrouvé sans ses droits et revenus normalement attribués à tout licenciement.

Son patron, le tout-puissant Jean-Bernard Poitiers, régnait en maître absolu sur son entreprise, un laboratoire de recherche et de fabrication de médicaments extrêmement couteux qu'il facture allégrement au prix fort, aux hôpitaux et autres établissements de soins en France et à l'étranger, se fournissant qui plus est avec des matières premières douteuses, voire dangereuses, pour une grande partie, importées de Chine, à des prix défiants toute concurrence.

Et Gérard en sait quelque chose, puisqu'il était l'employé chargé de passer les commandes et les importations des différents produits nécessaires à l'élaboration des médicaments de l'entreprise, sur le site du laboratoire nord. Alors que les bureaux du siège social de « Mhédex » se situent à Paris, Quai de Grenelle, dans le quinzième.

Gérard, malgré son ancienneté de treize ans de bons et loyaux services, n'avait jamais eu le moindre avancement. Bien au contraire, il était devenu la *« tête de Turc »* du directeur, Vincent Fournier, et ses collaborateurs, mais aussi et surtout de l'autoritaire despote, le *« Big Boss »* Jean-Bernard Poitiers.

Gérard n'avait jamais su la raison pour laquelle on lui en voulait à ce point, d'autant qu'il s'acquittait de sa tâche avec une constante rigueur et une consciencieuse assiduité.

Chez les Mercier, on ne roule pas sur l'or. Lucienne, vivait avec le salaire de réversion de son mari, et Gérard, jusqu'alors, avec sa maigre paye d'employé de bureau, que la société « Mhédex » lui versait jusqu'au moment où il se retrouva licencié, il y a de cela environ six mois, sans la moindre raison valable et sans aucune indemnité.

L'entreprise de fabrication de médicaments lui avait seulement signifié par lettre recommandée :
« *licencié pour faute grave* ».
Gérard, à ce moment n'avait entrepris aucun recours contre cet abus par manque d'information et de soutien de ses camarades de travail, tous paralysés par la peur de devoir affronter le terrible tyran qui faisait régner une véritable panique parmi l'ensemble de sa quarantaine d'employées.
Alors, il s'était résigné et avait fini par se réfugier dans l'alcool, écumant les nombreux bars et brasseries des quartiers voisins, vivotant avec les maigres revenus de sa mère et le RMI que l'on avait fini par lui verser, après moultes efforts et tracasseries de l'administration. La société « Mhédex » est une entreprise florissante qui se compose d'un laboratoire de recherche et d'une unité de fabrication de médicaments rares, tous à haute valeur ajoutée, concernant les soins de certains cancers.
Son directeur, le docteur Vincent Fournier, quarante-quatre ans, est secondé par son épouse de quarante ans, Adeline, également docteur, ayant pour fonction le service de distribution et de publicité. Quant au patron, Jean-Bernard Poitiers, âgé de cinquante-cinq ans, marié à Géraldine de Beaulieu, cinquante-deux ans, habitent un luxueux appartement, avenue du Général-Mandel, dans le seizième. Tous deux issus de la riche bourgeoisie parisienne, ils ont une fille de

vingt-huit ans, Léa, la future héritière, fiancée à Gabriel Le Charme, âgé de trente ans, employé à la recherche. Ils occupent un duplex avenue Foch, tout près de la place du Général de Gaulle.

C'est deux jours avant d'être licencié que Gégé allait trouver par le plus grand des hasards le bulletin gagnant. Alors qu'il arpentait les rues de la capitale, il vint se coller sur la semelle d'une de ses chaussures. Quelqu'un l'avait visiblement égaré. Son premier réflexe fut de le jeter, puis par un coup du destin, il le plia et le garda dans une de ses poches.
Il était resté là complètement oublié et Gégé continua sa vie d'errance pendant les deux jours qui suivirent. Alors qu'il se trouvait à boire quelques bières comme à son habitude, bien calé contre le zinc du « *Bourgogne* », s'apprêtant à partir, il plongea sa main dans la poche de sa vieille veste pour payer ses consommations en espérant que les quelques pièces qui lui restaient suffiraient à régler la note. C'est alors qu'il sentit la présence du bulletin.
Comme le bar de son ami et patron des lieux « *Lambert* » faisait aussi tabac et jeux, il lui tendit le papier à moitié froissé.

— Tiens Lambert ! J'espère que j'ai quelque chose, je ne suis pas certain d'avoir assez pour te régler mes bières. C'est à ce moment bien précis, que sa vie allait basculer.

2

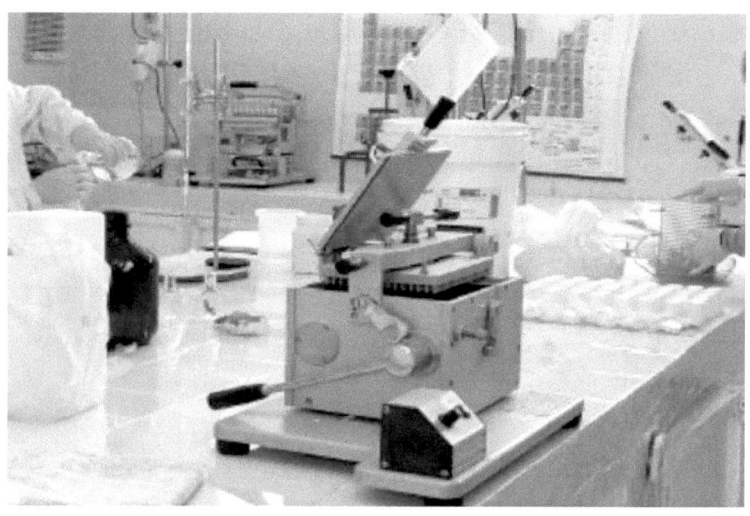

« Labo de Mhédex »

Quelques jours après, au labo Quai de Grenelle, la réunion hebdomadaire avait débuté dans le bureau de Jean-Bernard Poitiers. Comme chaque vendredi, sa fille Léa était présente, étant donné, qu'elle n'allait pas tarder à prendre les rênes de l'entreprise.
Bien entendu, le directeur Dr Vincent Fournier et son épouse le Dr Léa Fournier étaient présents ainsi que le responsable de la production de Pantin, Jean Deaulieu.
— Bien ! Il semblerait que nous n'ayons pas de très bonnes nouvelles ! annonça d'un air contrarié le boss. N'est-ce pas Fournier ?

— Elles sont même catastrophiques ! répliqua-t-il.
Il s'avère que notre fournisseur chinois veuille substantiellement augmenter le prix des composants « *antimétabolites* ». Plus grave encore, il semblerait que leur nouvelle substance ne soit pas suffisamment sélective pour épargner les cellules saines.
Nous avons déjà des retours très alarmants. Si nous ne réagissons pas immédiatement, nous courrons à notre perte, et je ne donnerai pas cher de « Mhédex ».
— Alors il faut immédiatement stopper toutes nos importations.
— Monsieur Poitiers, c'est impossible, l'ensemble des fournisseurs Européens sont deux fois plus chers, les florissants profits de l'entreprise n'y résisteraient pas, nos bénéfices seraient considérablement restreints !
— Bien, alors nous allons payer l'augmentation des Chinois et continuer à utiliser leur produit. Pour le reste, je vous laisse régler le problème.
Après tout, c'est vous les docteurs, non ?
Vociféra-t-il en s'adressant aux époux Fournier.
— Et rien ne doit filtrer dans la presse, c'est bien entendu ?
Quant aux retours, nous allons régler cela directement avec les centres incriminés.
Nous sommes bien d'accord ! N'est-ce pas ?
— Oui Monsieur ! répondirent-ils tous à l'unisson.

3

Après avoir copieusement « *arrosé* » sa soudaine fortune dans le bar de son ami Lambert, Gérard était rentré chez lui pour annoncer la bonne nouvelle à sa mère, qui faillit avoir une attaque, lorsque Gégé lui annonça qu'ils étaient multimillionnaires et que leurs vies allaient totalement changer.

Dès le lendemain, Gégé se rendit à « la Française des Jeux », pour qu'on lui confirme la validité de son gain, ce qui fut fait lors d'une petite cérémonie.

Aussitôt, il allait recevoir une multitude d'offres sur la façon de gérer son argent.

On lui conseilla de prendre un avocat spécialisé, pour écarter toutes tentatives hasardeuses voire malhonnêtes qui ne manqueraient pas de lui être proposées.

Gérard, désormais conseillé par son avocat, allait immédiatement s'acheter un coquet appartement, avenue de l'Opéra dans le deuxième arrondissement, où il allait enfin emménager et pouvoir s'émanciper. Il n'oublia cependant pas sa mère Lucienne, puisqu'il allait faire rénover de fond en comble la maison familiale de Pré Saint-Gervais.

Après quelques semaines occupées à effectuer tous ces bouleversants changements, Gégé, désormais installé au calme dans sa nouvelle demeure, ayant aussi complètement renouvelé de fond en comble sa garde-robe, se mit à penser à la revanche qu'il avait toujours imaginée à l'encontre de ses tortionnaires de l'entreprise « Mhédex ».

Et il avait bien l'intention de faire payer à chacun le détestable traitement qu'il avait subi de leur part.

Gérard se mit à ruminer et à élaborer dans sa tête la meilleure façon de se faire justice des multiples affronts qu'il avait reçu.

— Ils vont me le payer ! Ils vont tous me le payer et chacun en aura pour son compte !

Gérard était naturellement au courant de toutes les « *magouilles* » de l'entreprise, à commencer par l'importation de produits dangereux, puisqu'il avait été employé aux commandes des produits venus de Chine.

Et avant de quitter l'entreprise, il avait bien pris soin de photocopier la plupart des documents compromettants.

Il savait qu'il tenait là un inégalable levier pour déstabiliser l'ensemble des responsables, à commencer par le patron, Jean-Bernard Poitiers, et il n'allait pas se priver de l'utiliser.

Mais avant de passer aux choses sérieuses, il avait bien l'intention d'humilier chacun de ses tyranniques coupables.

Et pour cela, il débordait déjà d'imagination.

— On va bien s'amuser !

4

Gérard Mercier, installé à son bureau qu'il avait fait emménager dans son nouvel appartement, avenue de l'Opéra, allait contacter anonymement en modifiant légèrement sa voix, son ancien patron Jean-Bernard Poitiers.

— Bonjour Monsieur Poitiers, je suis journaliste, j'ai certaines informations que je voudrais vérifier avec vous avant de les publier.

— Oui, bien entendu, il s'agit de quoi exactement ?

— Eh bien, c'est un peu délicat. D'après mes sources, vous utiliseriez des produits douteux pour la fabrication de vos médicaments.

— Que voulez-vous dire par douteux ?

— Dangereux pour la santé, voire mortels, mais ce n'est qu'une rumeur je suppose.

— D'où tenez-vous ces calomnies ?

— Je suis désolé Monsieur Poitiers, mais je ne peux

absolument pas vous révéler mes sources. Il semblerait que vous ayez des fuites au sein de votre personnel.

— Bien ! Pouvons-nous nous rencontrer pour en discuter ? Je n'ai pas saisi votre nom, ni celui de votre journal !

— Ce n'est pas très important pour l'instant, je vous rappelle pour le rendez-vous. Au revoir Monsieur Poitiers, à bientôt !

Sur ces mots, Gérard raccrocha.

Le boss entra aussitôt dans une colère folle.

— Putain de fouille-merde, pour qui se prend-il, ce journaliste de mes deux ?

Furieux, il convoqua dans son office, le directeur Dr Vincent Fournier et son épouse Adeline, ainsi que sa fille Léa et le responsable de Production Jean Deaulieu.

Une demi-heure après, chacun était là dans le bureau du boss.

Poitiers, qui s'était absenté pour prendre un calmant, pénétra dans la pièce, affichant un air furieux presque hystérique.

— Nom de Dieu ! Que se passe-t-il ici ?

Je viens d'avoir un journaliste au téléphone qui me dit que nous produisons des médicaments dangereux voire mortels, et il a sous-entendu que ses informations viendraient d'un de nos employés.

Vous savez ce que cela veut dire ?

C'est certain, quelqu'un parmi vous veut faire couler « Mhédex », et je ne vous parle pas, des conséquences judiciaires, alors je vous écoute !
Chacun fixait les autres d'un air étonné.
— Savez-vous seulement ce que ça signifie si des informations pareilles sortent ?
C'est la fin de l'entreprise oui, mais aussi celle de chacun d'entre vous, puisque vous êtes tous concernés !
Je veux connaitre le fils de pute parmi vous ou vos subordonnés qui a filtré des informations à la presse. Vu que vous êtes tous responsables, vous connaissez parfaitement la provenance des achats et le contenu des produits que nous commercialisons ainsi que les problèmes que l'on a constaté.
Alors si je plonge, vous plongez tous avec moi, oui, tous sans exception !
Sans que personne n'ait eu l'occasion de prononcer le moindre mot, Poitiers quitta son bureau en claquant la porte dans une furie folle.
Le lendemain, Gérard décrocha son combiné, mais cette fois, c'était pour appeler Adeline, l'épouse du directeur Dr Vincent Fournier.
— Allô ! Pourrais-je parler à Madame Fournier ?
— Oui c'est moi ! Dr Adeline Fournier, c'est à quel sujet ?
— C'est personnel !
— Oui, dites-moi ! Mais qui êtes-vous, d'abord ?

— Ce n'est pas important ! Je voulais vous prévenir que votre mari vous trompe !
— Ah bon ! Et pourrais-je savoir avec qui ?
— Vous la connaissez très bien, mais demandez-lui !
Puis Gérard raccrocha.
Adeline resta dubitative, mais elle ne souffla mot à son mari qui travaillait dans un bureau mitoyen.
À la fin de la journée, ils prirent leur véhicule pour rentrer à leur domicile. Pendant tout le trajet Adeline resta silencieuse.
— Je te sens préoccupée chérie ! C'est à cause des problèmes de « Mhédex » ?
Son épouse ne répondit pas.
— Tu sais ! Tôt ou tard nous saurons qui est le responsable de tout cela !
Adeline, toujours muette, commençait à montrer de plus en plus un incontrôlable agacement.
Arrivés à leur appartement, Madame Fournier ne put se retenir un instant de plus.
— Je sais tout !
— De quoi tu parles chérie ?
— Ah non ! Ça suffit comme ça, j'avais des doutes, mais maintenant, j'ai des preuves ! Comment t'as pu faire ça et de plus avec elle ?
Et n'essaye pas de mentir, n'aggrave pas ton cas !
— Arrête Adeline s'il te plaît, ce n'était rien de sérieux, et c'est fini,

tu sais. Maintenant, Léa est fiancée à Gabriel et elle va même l'épouser.

— Mon pauvre Vincent, tu es un salaud, tu es malade ! Elle a vingt-huit ans, elle pourrait être ta fille, pauvre mec !

Gérard avait réussi là un coup de maitre, étant donné qu'il ignorait absolument tout de cette relation, son seul but était de faire douter Adeline Fournier, et maintenant Vincent, son mari, venait d'avouer une relation avec Léa, la fille du boss.

C'était inattendu et il n'allait pas s'arrêter là. Pour lui, c'était juste les prémices de la tempête qu'il comptait déverser sur tous les responsables de son adversité.

Cette fois, en connaissance de cause, il allait s'en prendre à Léa, la fille du patron.

Opérant de la même façon, il allait la contacter.

— Allô oui ! Êtes-vous Léa Poitiers ?

— Oui, elle-même !

— Bonjour, j'ai une information importante pour vous !

Connaissez-vous Gabriel Le Charme ?

— Oui bien sûr, c'est mon fiancé !

— Je sais, je sais, je voulais dire, le connaissez-vous très bien ?

— Pourquoi cette question ?

— Je voulais juste m'assurer que vous savez tout sur lui. Par exemple, savez-vous qu'il a été l'amant d'Adeline Fournier, la collaboratrice de votre père ?

Puis Gérard raccrocha.

Dans la minute qui suivit, Léa ne put se retenir et débarqua dans le bureau d'Adeline Fournier, en furie, l'air ardente et agressive.

Sans rien dire, Léa se jeta sur Adeline et lui asséna un violent coup de poing au visage.

Surprise, celle-ci, qui se trouvait assise derrière son bureau, tomba à la renverse avec son fauteuil. Puis une fois sur le sol, Léa s'acharna sur elle et toutes deux finirent en une mêlée indescriptible.

Les quelques laborantins qui se trouvaient à proximité eurent bien grand mal à les séparer, juste avant l'arrivée de Vincent, son époux, et du boss, Jean-Bernard Poitiers.

Celui-ci, surpris et exaspéré, n'en croyait pas ses yeux.

— Mais qu'est-ce qui se passe ici bon sang ? Vous vous croyez où ? Vous êtes de grandes malades !

Je n'ai jamais vu ça ! Dans mon bureau, tout de suite !

Ce fut un véritable imbroglio d'accusations et d'excuses toutes plus futiles et ineptes les unes que les autres, qui venaient compléter le tumulte et la lourde atmosphère que l'on respirait déjà dans l'entreprise.

Mais si la violente empoignade avait été arrêtée là par la prompte intervention des collègues et employés présents, Léa Poitiers n'avait pas l'intention de s'en satisfaire.

Elle allait tirer tout cela au clair, puisque d'un caractère extrêmement jaloux, personne ne l'avait jamais humiliée de la sorte et elle avait bien l'intention de faire payer ce consternant affront aux coupables.

Le soir, lorsqu'elle rentra dans son duplex du seizième qu'elle partageait avec son fiancé, elle trouva son compagnon qui avait quitté le bureau précipitamment lors de la dispute, affalé sur le divan, un copieux verre de whisky à la main.

Ah ! Tu étais là, je t'ai cherché partout dans les bureaux, tu avais disparu !

Sans prononcer le moindre mot, il se reservit un deuxième verre qu'il absorba d'un coup sans même respirer.

Léa, furieuse, frappa le verre, qui vola à travers la pièce. J'espère que tu as une bonne explication à me donner au sujet d'Adeline, alors par l'amour du ciel, épargne-moi tes désaveux et tes fausses excuses.

Gabriel se mura dans un long silence, ce qui ne fit qu'exaspérer Léa.

Ah non ! Pas de ça ! Arrête immédiatement ! J'attends tes explications !

Gabriel ne broncha pas et continua son attitude, sans prononcer le moindre mot. Alors, Léa s'approcha de lui et, tout en le secouant, essaya de le faire se lever.

Comme il ne réagissait pas, Léa, exaspérée entra dans une furie folle, assenant une volée de coups et de griffures à Gabriel qui, surpris, la repoussa fortement. Léa, déséquilibrée, chuta lourdement sur le carrelage

du salon, se cognant la tête sur le rebord de la table basse en métal, puis ne bougea plus.
Quelques secondes après, une mare de sang se forma autour de sa longue chevelure blonde.
Gabriel, tétanisé, demeura un long moment sans esquisser la moindre réaction, et ce fut la sonnerie du téléphone qui le sortit brusquement de sa torpeur.
Il s'approcha du combiné l'air égaré et décrocha.

— Oui allô !
— Ah c'est toi Gabriel !
— Pourrais-je parler à Léa s'il te plait ?

Gabriel, surpris, reconnut la voix de Julie, la meilleure amie de Léa.

— Je suis désolé, elle est sortie !
— Ah bon ? Je n'arrive pas à la joindre sur son mobile.
— Elle l'a certainement oublié dans un de ses sacs à main, répliqua Gabriel d'un air désabusé.
— D'accord Gabi, dis-lui qu'elle me rappelle s'il te plait.
— D'accord Julie, je lui dirai sans faute, ajouta-t-il en titubant et tremblant de tout son corps.

Puis Gabriel raccrocha.
Qu'allait-il faire maintenant ? Il avait tué sa fiancée, la situation lui était insupportable, les questions se bousculaient dans sa tête, les pensées les plus folles allaient et venaient, mais pas la moindre solution, rien

qui puisse le tirer de cette morne et angoissante situation.

Sa vie venait de basculer et dans un instant de folie, il prit les clefs de sa « *Mercedes classe A* » et descendit jusqu'au garage.

Il se dirigea vers la Porte d'Orléans et emprunta l'autoroute A10. Après avoir roulé pendant environ une demi-heure ? il poussa le moteur à plein régime et ferma les yeux.

Le véhicule quitta la chaussée et après plusieurs tonneaux, s'encastra dans un immense chêne.

Les secours, arrivés rapidement sur les lieux, eurent bien du mal à accéder à Gabriel, qui, complètement coincé entre les taules froissées de son véhicule, respirait à peine, visiblement en état extrêmement grave. Le médecin constata de très nombreuses plaies à la tête, avec des fractures ouvertes aux bras et aux jambes et une plus que probable paralysie des membres inférieurs.

Après plus de vingt minutes de travail acharné, les pompiers réussirent à le dégager et vu son état, il fut transporté en hélicoptère jusqu'à l'hôpital « *La Pitié - Salpêtrière* » au Sud de Paris.

5

« Hôpital européen Georges-Pompidou »

Dans l'appartement de l'avenue Foch, Léa revenait à elle. Elle avait une béante coupure du cuir chevelu, qui avait abondamment saigné, mais par chance, pas de traumatisme ni de fracture du crâne. Elle avait seulement été assommée.
Elle avait réussi à se traîner jusqu'à son sac à main où elle gardait son mobile et parvint à prévenir les secours qui ne tardèrent pas à arriver, et après avoir

reçu les premiers soins, le SAMU la transféra aux urgences de *« l'Hôpital européen Georges-Pompidou »*, où elle fut immédiatement prise en charge.

Naturellement, la famille Poitiers fut aussitôt prévenue, et Jean Bernard et son épouse Géraldine se rendirent immédiatement à son chevet.

L'angoissante attente des parents allait très vite se terminer. Le médecin urgentiste se présenta et annonça la bonne nouvelle.

— Pas d'inquiétude, votre fille et son bébé vont bien,
la blessure n'est que superficielle, quelques points de suture ont suffi, et le scanner ne montre aucun dommage interne. Quant à l'échographie, elle révèle que le bébé est en pleine forme.

Si la bonne nouvelle fut d'un grand soulagement pour les parents, l'annonce de la présence d'un bébé les laissa décontenancés.

Leur fille était donc enceinte !

Ils furent autorisés à voir Léa, qui avait été transférée dans une chambre à l'étage.

Lorsqu'ils arrivèrent à son chevet, Léa était en pleurs, elle venait aussi d'apprendre la singulière surprise, puisqu'elle même ignorait qu'elle attendait un enfant et qu'elle était au troisième mois.

— Mais que s'est-il passé ? Comment tu t'es fait Cette blessure ? questionna Jean-Bernard.

— Ce n'est rien ! nous avons eu une dispute avec Gabriel au sujet de cette pouffiasse d'Adeline. D'ailleurs, où est-il ? Il m'a laissée seule baignant dans mon sang et je n'ai aucune nouvelle. Il devrait être là, non ? Ce salop, il va me le payer ! D'ailleurs, il vaut mieux qu'il n'apparaisse pas, je ne veux pas le voir.
La nuit passa et Léa était maintenant plus calme. À l'heure des visites, ses parents ainsi que son amie Julie étaient là, mais toujours aucune nouvelle de son fiancé.
Gabriel n'ayant plus ses parents, ce fut un appel de la Police qui fit part de la triste nouvelle à son employeur Jean Bernard, juste avant son arrivée au chevet de sa fille à *« Georges-Pompidou »*.
Mais que devait-il faire ?
Lui annoncer le terrible accident de son fiancé ? Non ! Il opta pour attendre que Léa ait quitté l'hôpital, cela faisait trop de nouvelles à digérer en même temps.

6

Gérard, dès le lendemain, fut informé par un ancien collègue des tragiques et successifs faits qui s'étaient déroulés la veille.
Il se précipita sur la presse qui relayait le spectaculaire accident de Gabriel Le Charme.
Cependant, il décida malgré tout de continuer sa vengeance comme il l'avait imaginé, estimant que c'était le hasard qui venait lui donner un coup de pouce.
Quelques jours après, Léa quitta l'hôpital accompagnée de ses parents Jean-Bernard et Géraldine, et ils regagnèrent leur appartement, avenue du Général Mandel. C'est à ce moment que Léa apprit l'accident de son fiancé.

Toutes ces rumeurs ne tardèrent pas à se répandre dans l'entreprise et chacun y allait de son appréciation et de son avis.

La dispute et l'hospitalisation de Léa, le terrible accident de Gabriel, la grossesse de l'héritière de « Mhédex », on allait jusqu'à mettre en cause la paternité de l'enfant.

Bien entendu, tout cela ne tarda pas à venir aux oreilles de Gérard, qui n'allait pas laisser passer une si belle occasion d'y mettre son grain de sel.

Il allait tout d'abord, contacter Adeline, l'épouse du directeur Vincent Fournier, comme toujours, en déguisant sa voix

— Allô ! Pourrais-je parler à Adeline Fournier s'il vous plait ?

— Oui bien entendu, c'est elle-même ! C'est à quel sujet ? Et qui êtes-vous ?

— Je suis un ami de votre mari et nous nous sommes déjà parlé, j'ai de nouvelles informations pour vous, je suppose que vous êtes au courant que Mademoiselle Léa Poitiers, la fille de votre patron est enceinte ?

— Oui ! Oui, nous avons appris cela et il paraît qu'elle même ne le savait pas. Je ne vous cache pas notre surprise, mais en quoi cela me concerne-t-il ?

— Je vais vous le dire ! En parlant de surprise, j'en ai une autre pour vous ! Savez-vous qui est le père ?

— Non, pas vraiment ! Je suppose que c'est Gabriel,

son fiancé.

— Eh bien non ! Je vais vous l'apprendre, c'est le Docteur Vincent Fournier, votre mari !

— Si c'est une plaisanterie, elle est de mauvais goût !

— Je ne plaisante jamais, Madame !

— Mais qui êtes-vous pour affirmer de telles abominations ?

— Un ami, Madame, un ami ! Vous n'êtes pas sans savoir que votre mari a eu des relations suivies avec Mademoiselle Léa pendant plusieurs mois, n'est-ce pas ?

Eh bien, Monsieur Fournier semble avoir laissé un joli cadeau à mademoiselle Léa.

Sur ces mots, Gérard raccrocha.

Adeline Fournier entra dans une furie folle. Cette fois c'était trop, elle n'allait pas rester impassible, Vincent allait devoir s'expliquer et les conséquences seraient à la hauteur de son intolérable et injustifiable comportement.

Dans leur appartement de la rue « *La Fayette* », Adeline et Vincent Fournier allaient avoir une terrible dispute, qui allait se terminer par le départ forcé de Vincent, celle-ci, l'ayant définitivement mis à la porte.

— C'est terminé ! Tu dégages, et je ne veux plus te voir, vas la retrouver, elle aura besoin de toi pour élever votre enfant, pauvre type !

Quant à moi, je veux le divorce ! Et ne compte pas sur l'argent de ma famille, tu sais que nous avons un contrat de séparation de biens et l'appartement m'appartient, alors débrouille-toi !

Vincent Fournier allait se retrouver à la rue, n'ayant pas de fortune personnelle, il ne pouvait désormais plus compter que sur son salaire chez « Mhédex », mais après la liaison avec leur fille Léa, le boss Jean-Bernard Poitiers allait-il le garder à son poste dans l'entreprise ?

La sentence n'allait pas tarder à tomber, Adeline informa immédiatement le patron de l'hasardeuse situation. Exaspéré par l'attitude de Vincent Fournier, Jean-Bernard Poitiers mit fin à son contrat de travail et celui-ci se retrouva sans emploi.

Il essaya bien de retrouver un poste, mais l'intervention négative de Jean-Bernard dans le milieu empêcha celui-ci de décrocher le moindre entretien.

Cette fois, c'était la descente aux enfers. Après avoir épuisé ses maigres économies, il dut se résoudre à demander le RMI et se retrouva à quémander les quelques maigres repas aux services sociaux. Pour le reste, à part quelques nuits passées au chaud dans les refuges, la plupart du temps, il dormait dans la rue, étant devenu un clochard parmi tant d'autres qui foisonnaient dans la capitale.

Pour Gérard, ce fut un inestimable succès, il avait réussi à humilier son ancien tortionnaire, le pompeux et empathique directeur de « Mhédex ».

7

Toutes ces péripéties ne faisaient pas l'affaire du labo, déjà empêtré dans les problèmes de substances douteuses, avec le « *pressing* » de plus en plus vigoureux des hôpitaux qui se posaient chaque jour plus de questions sur les adéquats traitements fournis par « Mhédex », étant donné que les inefficaces résultats sur les patients devenaient plus qu'inquiétants.

Les alertes et les retours des traitements devenaient quotidiens au labo et Jean-Bernard Poitiers, déjà empêtré dans les problèmes familiaux et le licenciement de son directeur, avait bien du mal à faire face à cette soudaine adversité qui s'abattait sur lui.

Mais il était loin de se douter que la fin de ses soucis et ses déboires, n'était pas encore arrivée. Leur paroxysme 'était loin d'être atteint.

Surtout que les événements et déconvenues dans son entourage qui venaient de se produire ne lui laissaient pas un instant de répit pour essayer de contrer les incessantes péripéties auxquelles il devait absolument faire face, vu que tout semblait se désintégrer autour de lui.

— Pourquoi cette soudaine avalanche de calamités ? se disait-il.

— Qu'est-ce que j'ai fait au bon Dieu, quand cela va t-il s'arrêter ?

Maintenant, Léa enceinte, avec les funestes rumeurs sur la paternité de l'enfant à venir et du côté de Gabriel, les mauvaises nouvelles s'accumulaient chaque jour. D'après les médecins, il resterait paralysé à vie, la moelle épinière ayant été sectionnée, alors pas la moindre chance qu'il remarche un jour. D'autre part, le traumatisme crânien lui avait laissé d'énormes séquelles neurologiques qui ne lui permettraient pas une activité intellectuelle à la hauteur des tâches nécessaires à la direction d'une telle entreprise.

Pourtant, Jean-Bernard avait fondé tous ses espoirs dans le couple de sa fille unique Léa et Gabriel pour reprendre un jour l'affaire familiale qu'il avait hérité de ses parents, mais pour le moment, tout semblait compromis.

— Et Léa, que pense-t-elle faire maintenant ?

Va-t-elle se remettre de ce drame ?

Et il faut immédiatement couper court aux médisantes et perfides rumeurs au sujet de son futur enfant, il faut tout remettre en ordre au plus vite ! Toute cette abominable affliction fait désordre dans la famille, bien entendu, mais aussi pour l'intérêt de l'entreprise. Jean-Bernard était aux abois, toutes ces questions et beaucoup d'autres lui tournaient dans la tête, sans que la moindre bribe de réponse ne vienne ne serait qu'effleurer sa conscience.

Mais bien entendu, il devait avant tout en parler avec Léa et son épouse. Cependant, comment aborder cet épineux sujet ? Trop d'accablants événements s'étaient produits en un temps si bref.

Jean-Bernard, en bon meneur, décida d'aborder le sujet lors d'un déjeuner avec son épouse et sa fille.

C'était une sorte de réunion de Comité de direction.

Après avoir terminé le repas de midi servi par Mathilda, l'employée de maison des Poitiers à leur domicile avenue du Général Mandel, Jean-Bernard, son épouse Géraldine et Léa, se retirèrent dans le petit salon pour prendre le café. Jean Bernard prit la parole d'un air autoritaire et péremptoire.

— Bien, il me semble que l'on doit avoir une discussion sérieuse, nous devons absolument faire face avec la plus grande détermination aux malencontreux événements qui se sont produits ces derniers temps, cette situation ne peut plus durer.

— Oui, bien entendu ! rétorqua son épouse Géraldine.

— Léa, de ton côté tu es d'accord pour nous donner quelques explications au sujet de ta dispute avec Adeline Fournier et de ta grossesse ?

— Je n'ai pas le moindre inconvénient à vous parler de cette salope d'Adeline. C'est tout simple, elle a eu une liaison avec Gabriel. Quant à ma grossesse, pour le moment, je ne désire pas vous révéler le non du père.

En revanche, c'est sûr nous avons eu une dispute et je ne me souviens plus de grand-chose, je sais qu'il était assis sur le divan, que je l'ai agressé et qu'il m'a repoussé puis que je suis tombée et après, plus rien, c'est le trou noir, je me suis réveillée dans une mare de sang, et il n'était plus là.

La suite, nous la connaissons, était-ce un accident ou une tentative de suicide ? Je pense que lui seul pourra l'affirmer ou le démentir.

Quant à mon histoire avec Vincent Fournier, je n'ai pas grand-chose à dire, c'est arrivé sans que je sache vraiment pourquoi, et c'est tout !

— C'est tout ? Il me semble que c'est un peu mince comme explication tu ne crois pas ? Surtout que tu n'es par certaine de la paternité de ton futur enfant ! répliqua un peu exaspéré Jean-Bernard. Et j'attends aussi des éclaircissements de Gabriel, enfin s'il est en mesure de les fournir !

— Oui, c'est vrai ! Et il devra aussi s'expliquer sur sa liaison avec Adeline ! accentua Géraldine.

— Je vais la convoquer demain dans mon bureau, j'attends avec impatience ses clarifications, nous y verrons peut-être un peu plus clair, assura Jean-Bernard.

Le lendemain, comme prévu, Adeline Fournier fut officiellement convoquée dans le bureau du patron.

À l'heure prévue, elle s'y rendit à contrecoeur avec une angoissante appréhension et frappa à sa porte.

Jean-Bernard Poitiers, assis derrière son bureau, l'attendait.

— Oui ! Entrez !

Elle s'avança lentement, d'un air un tant soit peu penaude.

— Asseyez-vous, s'il vous plait !

Adeline fut tout de suite surprise du vouvoiement de son patron, qui l'avait tutoyé depuis toujours.

— Madame Fournier, qu'avez-vous à dire sur les rumeurs de votre liaison avec Gabriel ?

— Monsieur, j'aurais beaucoup de choses à dire, mais je ne sais pas si je dois entrer dans les détails.

— Faites comme bon vous semble, vous connaissez la situation et tous les derniers malheureux événements qui se sont produits, alors je veux votre version avant de prendre des décisions définitives à votre égard.

— Bien, Monsieur Poitiers, vous savez que nous nous connaissons depuis de longues années et que j'ai toujours œuvré pour le bien de l'entreprise, sans compter mes heures ni mon énergie.

Quant aux relations avec Gabriel, votre futur gendre, je dois avouer qu'elles sont exactes, mais si vous permettez, je dois aussi vous affirmer dans quelles conditions tout cela a commencé.

Monsieur Gabriel, depuis son arrivée dans l'entreprise, n'a eu de cesse de me harceler, d'abord par de furtives insinuations, qui sont vite devenues plus pressantes et plus directes.

Il m'a toujours dit qu'il obtenait toujours ce qu'il voulait et que je ne serai pas une exception, allant jusqu'à me menacer de façon discrète mais résolue pour me faire céder.

Mais je dois aussi vous dire, que je n'ai pas été sa seule proie, ou conquête comme vous voudrez, la plupart de vos employées ont subi le même sort, parfois pour certaines consenti et même recherché.

En ce qui me concerne, cela à duré à peine deux mois, il s'est vite trouvé une remplaçante, et je vous avoue que j'ai été soulagée.

Voilà, Monsieur Poitiers ce que je peux vous dire sur ma relation avec Gabriel.

Quant à mon mari Vincent, nous sommes séparés et en procédure de divorce, qui devrait aboutir très vite, dans les semaines qui viennent.

— Très bien Madame Fournier, je vous remercie Pour votre franchise, vous pouvez disposer.

8

Pour Gabriel, le sort était jeté, ayant intégré le centre de rééducation de « *l'hôpital national de Saint Maurice* » dans le Val de Marne, malgré l'inégalable attention de tous ces professionnels, il ne put expérimenter la moindre récupération de son état, surtout mental. Alors, n'ayant plus aucun proche, il fut transféré dans un centre pour malades mentaux des « *Yvelines* » d'où il ne sortirait sans doute jamais, celui-ci ayant été rejeté par Léa et sa famille sans le moindre ménagement.

Il allait très vite sombrer dans une espèce de marasme et de dépression, allant même jusqu'à se murer dans un total mutisme.

N'ayant plus de famille et ne recevant pas la moindre visite de Léa ou de ses patrons ou collègues, il dépérissait à vue d'œil malgré les efforts des médecins, qui ne réussirent jamais à simplement lui faire retrouver ne serait-ce qu'un peu de lucidité ou de simple acuité.

Deux ans après, il allait décéder, dans une totale indifférence, sans avoir retrouvé sa parole ni la moindre bribe d'intellection.

9

Concernant la vie de Léa Poitiers, la fille du boss, on allait très vite faire apparaitre ses funestes méandres et côtés obscurs.

À ses seize ans, en compagnie de sa meilleure amie Julie et d'un autre copain de lycée, elle avait fait une fugue de plusieurs mois, ayant au passage dérobé une jolie somme d'argent chez ses parents.

Pendant tout ce temps en compagnie de ses amis, elle avait pu expérimenter à peu près toutes les perversités et tous les vices qui s'offraient à elle, surtout lorsque l'on dispose d'argent, mais lorsqu'elle se trouva sans ressources, elle n'allait pas se contenter de retourner au bercail familial.

Ils allaient perpétrer de nombreux vols de toutes sortes dans les magasins pour continuer la vie folle et facile, allant même jusqu'à se prostituer pour s'offrir un peu de « *haschich* » ou une dose d'héroïne.

Comme presque toujours, toutes ces mauvaises errances ont une fin peu glorieuse.

Léa et ses amis furent arrêtés par les vigiles d'un hypermarché et remis à la Police.

Étant mineure à l'époque, elle s'en tira avec une simple remontrance de la juge.

Quant à Jean-Bernard et Géraldine ils l'astreignirent avec détermination, à reprendre les études, ce qu'elle fit non sans mal, mais étant surveillée de près par son père qui tenait les cordons de la bourse, elle s'inscrit à la fac et termina ses études pharmaceutiques.

Cependant, d'un caractère volage, elle collectionnait les petits amis et les histoires sans lendemain.

Finalement, Jean-Bernard l'engagea dans l'entreprise familiale, avec son petit ami de l'époque, Gabriel qui venait aussi de terminer ses études avec brio.

Jean-Bernard Poitiers semblait comblé et vit en leur couple les futurs héritiers de son labo, Gabriel ayant à ses yeux tout le potentiel nécessaire pour seconder et assagir Léa, d'autant qu'ils se fiancèrent très rapidement, ce qui combla les espérances du couple Poitiers.

Mais la suite, hélas, allait démentir et fortement décevoir et annuler tous les espoirs de Jean-Bernard, puisque de toute évidence, il était loin de connaître le caractère inconstant et capricieux de sa fille.

Elle collectionnait les conquêtes, usant de ses charmes et de son statut de fille à papa.

Ce fut à l'occasion d'un colloque à Ottawa, où ils furent envoyés pour représenter « Mhédex », que l'histoire avec Vincent Fournier allait commencer.

Logeant bien entendu dans le même hôtel pendant les cinq jours que dura le séminaire, Léa entreprit immédiatement son insatiable et persévérante quête de chasse aux hommes.

Elle allait user de tous ses charmes pour se *« payer »* le directeur de l'entreprise, qui manquait à son tableau, et elle ne pouvait admettre le moindre refus.

À la fin de la première journée de travail, Léa proposa à Vincent de faire une petite virée dans la capitale du Canada, pour se détendre des longues heures d'activité et d'interventions.

Bien entendu, celui-ci accepta avec plaisir ce moment de détente après la longue journée d'intense activité.

— Vincent ! Si on allait se payer un bon petit resto ? Après tout, nous l'avons bien gagné !

— Vous avez raison, Mademoiselle Léa, un bon répit sera le bienvenu.

— Voyons, Vincent nous n'allons tout de même pas nous vouvoyer, cela fait des années que nous travaillons ensemble et nous ne sommes pas au labo, ici nous pouvons tout de même un peu nous décontracter.

— Vous ! Excuse-moi ! Tu as raison, c'est un peu ridicule d'être aussi formel, c'est l'habitude !

— Bon, Léa, que proposes-tu ! Après tout ce n'est pas la première fois que tu viens à Ottawa n'est-ce pas ?

— Non, bien sûr que non, j'ai accompagné mon père à plusieurs reprises, c'est une très jolie ville, et je connais de bonnes adresses, tu verras, tu ne seras pas déçu !

Je vais te faire connaitre un joli restaurant !

— Eh bien, allons-y ! Tu seras mon guide !

Sur ces mots Léa interpela un taxi.

— « *At Play Food & Wine* » *1 York Street, please*!

— *Okay, right now* !

— Tu vas voir, on dîne très bien, leur viande est excellente, tu ne seras pas déçu ! Et après, nous pourrons même prendre un verre au « *Démonion tavern* » c'est juste, à côté, j'adore ce lieu !

« Restaurant Play Ottawa »

Arrivés au magnifique restaurant « *Play* », situé tout près de la salle de conférences, à côté de l'ambassade des États-Unis, ils prirent place, et Léa, radieuse, se dirigea réjouie à Vincent.
— Alors, je t'avais prévenu, que penses-tu du décor ?
— Magnifique ! Je vois que tu as bon goût !
— Et attends ! Tu vas voir leur carte, elle est à tomber !
Très vite, un serveur vint leur proposer un apéritif.
— Tenez, faites votre choix, c'est offert par la maison, en leur tendant une interminable liste de boissons et cocktails.
Léa commença aussitôt son numéro de charme, en s'approchant chaque fois plus près de Vincent, un peu

gêné, sous couvert de lui énumérer les différents composants de chacun des apéritifs, profitant pour lui effleurer discrètement les mains d'un air naturel.
Vincent se rendit très vite compte de son jeu, mais comment repousser cette soudaine et inattendue tentative en public, et surtout, venant de la fille du patron ?
Il opta par jouer le jeu. Après tout, peut-être avait-il mal interprété cette soudaine approche de Léa et c'était simplement son imagination qui lui jouait des tours.
Une dizaine de minutes après, l'employé apporta les cartes.
Vincent, maintenant un peu plus décontracté, s'adressa à sa collègue.

— Voyons Léa ! Toi qui connais bien cet endroit, que me conseilles-tu ?

— Eh bien, tu préfères la viande ou le poisson ?

— Je n'ai pas vraiment de préférence, j'aime les deux. Et toi, que vas-tu prendre ?

— Pour l'entrée, je vais opter pour des crevettes à la sauce au sirop d'érable, j'adore ça ! Et pour la suite, je prendrais de la viande, elle est excellente. Disons, un bon pavé aux morilles avec une sauce au vin, c'est une merveille.
Pour le dessert je verrais, je n'ai pas encore fait mon choix. Et toi ? Tu as vu quelque chose qui te plaît ?

— Oui ! Mon choix est fait, je prendrai là même

chose que toi !

— Ah génial ! Tu verras, tu ne vas pas le regretter. Allez ! Vincent, le vin, c'est toi qui le choisis !

La soirée au restaurant se déroula à merveille, Léa continuait ses tentatives de rapprochement de moins en moins dissimulées et Vincent, bien qu'un peu gêné par moments, jouait le jeu et se laissait aller à ses avances à peine dissimulées.

À la fin du repas, Léa, euphorique, par le vin auquel elle avait largement fait honneur, proposa à Vincent de se rendre à son club préféré le fameux « *Démonion tavern* », juste à côté.

Dès la sortie du « *Play* », Léa s'accrocha au bras de Vincent, et ensemble, ils parcoururent les deux cents mètres à peine qui séparaient les deux établissements.

— Tu crois que nous sommes en mesure de continuer à boire ? assura Vincent, un peu ébréché aussi.

— Allez ! Laisse-toi faire, tu vas pas te débiner et me laisser seule ! Et puis pas de soucis nous rentrons en taxi.

— Non ! Bien sûr que non ! Après tout, demain, la réunion commence l'après-midi, nous aurons tout le temps de faire la grasse matinée !

Le couple s'installa tranquillement sur la banquette d'un petit réduit et ils commandèrent deux cocktails maison, puis une deuxième tournée. Léa devenait de plus en plus entreprenante, dissimulant à peine son attrait pour Vincent, qui rendit les armes et finit par se laisser faire, mais sentant la situation lui échapper, il proposa gentiment à Léa de rentrer sagement à l'hôtel.

— Ok ! Ok ! Vincent, nous allons rentrer ! s'exclama Léa, partie dans un fou rire.

Dix minutes après, ils étaient devant l'hôtel. Ils prirent l'ascenseur pour rejoindre leurs chambres contiguës au troisième étage.

— Quelle soirée ! s'exclama Vincent, en tout cas je suis content de la passer en ta compagnie, je dois avouer que je ne te connaissais pas comme cela.

— Et tu n'as pas tout vu ! répliqua Léa, en se jetant à son cou tout en l'entrainant vers sa chambre.

— Vincent, surpris l'accompagna et une longue et ardente nuit allait suivre jusqu'au petit matin où tous deux se réveillèrent enlacés.

Les autres quatre jours que dura le séminaire se déroulèrent à l'identique, puis ils rentrèrent à Paris. Leur idylle allait continuer pendant encore deux mois jusqu'au moment où Léa allait rencontrer son ami de fac Gabriel, avec qui elle allait commencer une autre histoire, et même se fiancer.

Cependant, Léa, fidèle à sa réputation, allait connaître, pendant les rapports avec Vincent et Gabriel, plusieurs rencontres d'un soir, mais surtout un curieux personnage, « Tony Cambrera », qui la plongea de nouveau dans l'enfer de la drogue et qui de plus, la mit enceinte, ce qu'elle cacha bien évidemment à Gabriel.

Pourtant, Léa semblait s'être stabilisée après sa rencontre avec son fiancé et la sérieuse prise en main de son père Jean-Bernard Poitiers.

10

Gérard Mercier jubilait de toutes ces rocambolesques frasques qui chamboulaient la déjà fragile situation de l'entreprise « Mhédex » et de ses dirigeants.
Presque sans efforts, par quelques simples insinuations et l'aide opportune et profitable du destin, il avait réussi à installer un véritable chambardement dans le labo, ainsi que parmi tous ses anciens lamentables patrons tyranniques.
Il était aux anges, car il voyait tomber dans le discrédit, un à un, tous ses tortionnaires, ce qui le comblait. Jamais il n'aurait imaginé voir son odieux directeur dans le plus grand dénuement, arpentant les rues de la capitale, comme lui-même avait été obligé de le faire, abandonné et méprisé de tous.
C'était là une sacrée revanche que le destin lui offrait.
Et ce prétentieux Gabriel, qui le prenait toujours de haut et le traitait avec le plus grand des mépris, ne lui

adressant la parole que pour le ridiculiser devant les autres, se trouvait désormais cloué sur une chaise roulante et dépendant d'autrui pour ses besoins quotidiens les plus personnels et intimes, sans espoir de retrouver un jour son ancienne vie de fanfaron et de vaniteux.

Il allait désormais s'occuper sérieusement de son supérieur direct, le responsable de production de Pantin, « *Jean Deaulieu* », qui le terrorisait quotidiennement sans la moindre raison, lui faisant faire et refaire les formulaires et les factures à la moindre rature ou simplement par mépris ou avanie. Ce qu'il devait exécuter après ses horaires de travail, le faisant demeurer à son poste bien souvent jusqu'à tard dans la nuit, sans la moindre compensation salariale ni rémunération d'aucune sorte. Bien au contraire, s'il avait le malheur de protester ou de se manifester, il était bon pour une bonne remontrance, puisque, toujours traité d'inutile et incapable.

Alors pour lui, il fallait trouver une vengeance à la hauteur.

Gérard, qui était presque toujours le dernier à quitter son bureau de Pantin, eut une idée un peu expéditive, mais qui lui convenait pleinement

Les bureaux du bâtiment de fabrication se trouvaient sur une mezzanine en hauteur, au-dessus des nombreuses machines et fours où étaient préparés les mélanges des substances nécessaires à l'élaboration des médicaments.

On y accédait par un escalier métallique, peu commode, étant donné qu'il fallait l'emprunter plusieurs fois par jour pour se rendre aux bureaux perchés à environ huit mètres de hauteur.

Un soir où ils se trouvaient seuls dans les locaux, bien après l'heure de sortie du reste des employés, il décida de passer à l'action.

Jean Deaulieu s'apprêtait à partir, laissant comme tant de fois, Gérard terminer seul son travail.

Deaulieu s'engagea sur le haut de l'escalier, et à peine avait-il posé son pied sur la première marche, Gérard, qui le suivait furtivement, le poussa de toutes ses forces.

Le contremaitre, chuta et roula le long des escaliers, se cognant fortement sur les marches et les barreaux métalliques et finit par atterrir huit mètres plus bas, sur le sol en béton.

Gérard descendit aussitôt, et ne put que constater son décès. Il avertit immédiatement les secours, qui ne tardèrent pas à se présenter accompagnés de la Police. Bien entendu, Gérard fut longuement questionné sur ce qui s'était passé.

Il expliqua aux autorités qu'il se trouvait à son poste et qu'il entendit Deaulieu quitter le bureau, puis un épouvantable bruit dans l'escalier. Il le vit en bas et se précipita pour lui porter secours, gisant sur le sol,

mais arrivé près de lui, il se rendit compte qu'il ne respirait plus.
Alors, il avertit aussitôt les secours.
— Bien ! Conclut le Capitaine, à première vue cela me semble clair, il s'agit d'un regrettable accident, cependant, il y aura une autopsie.
Monsieur Mercier ! Vous vous présenterez demain à neuf heures au commissariat pour faire une déposition formelle s'il vous plait !
— Bien entendu, j'y serai sans faute ! répliqua Gérard.
Le lendemain, il se rendit au commissariat comme prévu, et fit sa déclaration.
— Très bien, conclu le Capitaine, vous pouvez partir, nous allons attendre les résultats des prélèvements de la Police scientifique et de l'autopsie, restez joignable, nous vous tiendrons au courant des résultats !
— D'accord ! Je reste à votre disposition !
Quinze jours après, il eut un courrier du Capitaine lui communiquant que le juge avait conclu à un accident et que l'affaire était bouclée.
Pour Gérard Mercier, c'était la délivrance, il s'en tirait à bon compte. Pour lui, tout roulait sur l'or, pas le moindre grain de sable n'était venu contrarier sa machination. Pour la première fois, il se sentait tout-puissant, il s'était joué de tous ces sinistres personnages qui l'avaient harcelé pendant toutes ces longues et pénibles années.

11

Cependant, il lui restait encore beaucoup de travail à accomplir pour satisfaire son absolue frustration.
Alors, il lui fallait désormais porter l'estocade pour couronner sa vengeance.
Mais celle-ci, s'avérait de toute évidence, d'une tout autre difficulté, et sa préparation allait demander l'intervention de plusieurs personnes qualifiées. En premier lieu, son avocat « *Maître Jacques Herbier* », qui allait lui fournir ses inestimables conseils, ainsi que son désormais heureux banquier, « *Jean Guybaud* ».
Ils allaient décider de se retrouver tous les trois dans une réunion chez Maître Herbier pour étudier avec soin les différentes options légales possibles pour déstabiliser le laboratoire « Mhédex » et en prendre le contrôle.

Le labo étant une entreprise familiale, créée par le père de Jean-Bernard Poitiers qui était fils unique, il en avait hérité et de ce fait, il était resté le seul propriétaire.

Dès lors, les choses semblaient à priori pouvoir se négocier plus simplement, n'ayant pas d'actionnaires. Poitiers avait toujours résolu ses quelques problèmes de liquidités à travers son banquier de toujours.

Mais Jean-Bernard en avait vu d'autres et n'était pas né de la dernière pluie. Il n'allait pas se laisser dépouiller de son patrimoine aussi facilement.

Gérard Mercier et le directeur de banque, « *Jean Guybaud* », allaient se retrouver comme prévu, dans le bureau de « *Maître Jacques Herbier* » pour réfléchir aux diverses possibilités de la prise de contrôle de l'entreprise.

Maître Herbier prit la parole.

— La société n'étant pas cotée en Bourse, Jean Bernard Poitiers étant le seul détenteur des actifs, il faudra absolument arriver à une entente pour qu'une telle opération soit possible.

Alors, il faut parvenir à un accord avec lui, étant le seul détenteur de la totalité des avoirs, aucune OPA, OPE ni même fusion, ne sera possible sans son accord.

Le banquier Jean Guybaud confirma.

— C'est exact, cette opération est une simple transaction commerciale.

— Et quelles sont les autres possibilités si Jean Bernard Poitiers ne veut pas vendre ? questionna Gérard.

— Là ça se complique, car personne ne peut l'obliger à se défaire de son labo, vous pouvez lui proposer la somme que vous voudrez, il sera le seul à décider.

— Très bien ! Je crois que nous avons fait le tour, je pensais qu'il y eut d'autres possibilités, comme le rachat de parts ou actions !

— Non, ces alternatives sont seulement dans le cas où une société est cotée en Bourse et les actionnaires sont multiples, alors effectivement, dans ce cas, on pourrait envisager un rachat d'actions, une OPA, une OPE, une fusion ou autre chose, mais pour « Mhédex », ce n'est pas le cas, elle appartient en totalité à Poitiers, et lui seul peut en disposer.

— Très bien ! Je vais essayer de le convaincre de vendre, conclut Gérard, l'air contrarié.

La réunion se termina sur ces paroles, mais Gérard pensait déjà à d'autres moyens peut-être plus persuasifs pour convaincre Poitiers.

12

Jean-Bernard, toujours empêtré dans les problèmes des nombreuses complications émanant des hôpitaux sur ses produits douteux qui lui étaient retournés presque chaque jour, avec des avis de plus en plus défavorables et mêmes critiques, ne savait pas où donner de la tête. Surtout qu'il n'avait plus de directeur, se basant uniquement sur le Dr Adeline Fournier, l'épouse de Vincent qu'il avait licencié, mais qui était loin d'avoir les compétences nécessaires pour contrer cet afflux d'insatisfaction grandissant qui venait terriblement gêner la situation, aussi bien dans le labo de recherches que dans l'unité de fabrication.
Sans compter les problèmes familiaux concernant Léa, qui était retournée vivre seule dans l'appartement avenue Foch, jadis partagé avec son fiancé Gabriel.

Sa fille n'allait pas finir de lui causer d'amers désagréments.

Ayant retrouvé sa liberté en s'installant dans l'appartement que ses parents lui avaient prêté pour y vivre avec son fiancé, elle allait faire venir un de ses anciens amants, le préjudiciable et néfaste « *Tony Cambrera* », qui l'avait jadis fait retomber dans la drogue et l'alcool.

Mais cette fois, Tony allait l'entraîner dans ses troubles magouilles de vols et escroqueries en tout genre, allant jusqu'à la faire participer à son autre délictueuse occupation de proxénète.

Car Tony Cambrera, d'origine gitane, n'avait jamais suivi avec le moindre intérêt les cours d'école primaire, pour partie, à cause des interminables déplacements de sa famille.

Ayant toujours versé dans la plus grande des libertés, Tony ne reconnaissait pas le moindre respect ou remontrance des adultes et encore moins de l'autorité. C'était depuis sa jeunesse, un enfant en marge de la société, et devenu adulte, son mode de vie allait de toute évidence suivre le même chemin, avec des conséquences de plus en plus graves.

Ayant déjà fait de nombreux séjours en prison, pour tous ces méfaits, il s'était endurci, et même s'il savait jouer de son charme pour attirer les jeunes femmes, celles-ci déchantaient très vite.

Ces derniers temps, il vivait du proxénétisme et de la vente de drogues. Il avait connu Léa pendant sa relation avec Vincent, juste avant les fiançailles avec Gabriel, allant même continuer à se fréquenter sporadiquement pendant celles-ci.
Leur liaison prit fin lorsque Léa lui annonça officiellement sa décision de mariage avec Gabriel et ce que son père attendait du couple.

Tony Cambrera, n'eut pas d'autre alternative que d'accepter bien à contrecœur cette rupture, mais il n'allait pas la perdre de vue aussi facilement. Pour lui, c'était une magnifique proie à laquelle il n'allait pas renoncer aussi facilement.
Le malheureux fait du suicide de Gabriel, allait lui fournir une occasion en or pour récupérer Léa.
Puisque, bien entendu, l'accident qui coûta la vie à Gabriel, n'en était pas un. L'enquête détermina facilement que le véhicule n'avait subi la moindre avarie. De plus, aucune trace de freinage ne put être relevée sur la chaussée et plusieurs témoins se manifestèrent pour affirmer que la Mercedes avait subitement accéléré et quitté la chaussée, sans que le conducteur ne tente la moindre manœuvre pour rectifier sa trajectoire.
Alors, la conclusion du rapport des policiers était sans aucune ambiguïté, Gabriel s'était bien suicidé.

Jean-Bernard était aux abois, il était pressé de toute part, et même si dans sa vie, il avait connu de multiples tracas et difficultés de tout genre, il s'en était toujours sorti, c'était une personne aguerrie qui ne manquait jamais de recours, mais cette fois, l'adversité était trop prééminente et il ne voyait pas comment y faire face, tout était contre lui. Alors, même s'il ne manquait pas de courage et de ténacité, il se voyait dans une impasse, un abîme qui pour une fois dépassait ses capacités.

Pourtant, il était hors de question de jeter l'éponge, non, il allait se ressaisir, c'était un « *Poitiers* », et les Poitiers ne se rendent pas.

13

Gérard suivait tout cela de très près, sachant qu'il avait encore des atouts dans ses manches pour faire tomber Jean-Bernard Poitiers et son labo.
Et même s'il avait été déçu lors de la réunion avec son avocat et son banquier, ceux-ci ne lui ayant pas apporté de solutions concernant le rachat de « Mhédex », il avait bien l'intention d'une manière ou d'une autre, de parvenir à ses fins.
Il savait parfaitement qu'il pouvait faire tomber Jean-Bernard, à n'importe quel moment, puisqu'il avait en sa possession des documents très compromettants concernant ses affaires délictueuses pour ne pas dire criminelles, concernant les médicaments qu'il fabriquait.
Mais son désir de vengeance n'était pas encore assouvi, et il allait continuer à s'acharner sur ses sadiques et méprisants tortionnaires jusqu'à avidité.

Sachant les péripéties de Léa et de son nouveau compagnon, il allait attendre l'opportunité de coincer le couple dans une embarrassante posture qui retomberait bien évidemment sur Poitiers par le biais de sa fille.

Léa et son nouveau compagnon « *Tony Cambrera* », menaient la grande vie, par les juteux bénéfices de la demi-douzaine de prostituées qu'il faisait travailler, ne se privant de rien, sorties, restaurants de luxe, affaires hors de prix, voiture de sport et l'appartement remeublé avec les derniers appareils et gadgets à la mode.

Quant à Jean-Bernard, il avait coupé les ponts avec sa fille, n'acceptant pas sa relation avec Tony, dont il connaissait l'origine de ses délétères et pernicieux revenus, mais surtout aussi du fait qu'elle e avait cessé de venir travailler au labo, du jour au lendemain, sans la moindre explication.

Cette situation ne pouvait pas durer pour l'entreprise, submergée dans cette affaire de médicaments douteux et privée d'une hiérarchie capable de la sortir de ce mauvais pas.

Poitiers avait bien essayé de recruter un nouveau directeur de laboratoire, mais sans succès.

C'est à ce moment que Gérard Mercier allait se manifester au travers de son avocat Maître Jacques Herbier, pour faire une proposition de rachat de

« Mhédex », mais il essuya un cuisant refus de Jean-Bernard, qui refusa catégoriquement de vendre.
Pourtant, Maître Herbier n'hésita pas à faire allusion à la fragile situation du labo, allant même jusqu'à évoquer les ouï-dire et commentaires qui circulaient dans le milieu.

— Tout ceci est ignominieux et infâme, de pures calomnies, et j'aimerais bien savoir qui se permet de répandre de telles abominations sur « Mhédex », mon labo a toujours été d'une irréprochable considération et la réputation de nos produits n'est plus à prouver ! Nous sauvons des vies tous les jours avec nos traitements à la pointe du progrès.
Et je vous jure que celui, ou ceux, qui ont répandu de telles calomnies vont en payer le prix fort.

14

« Bois de Vincennes »

Un soir que Tony Cambrera s'occupait de la surveillance des filles dans les allées du bois de Vincennes, il fut arrêté par la Police en compagnie de ses six *« employées »*, et tout ce beau monde se retrouva au commissariat.

Tony et les filles furent séparés et interrogés individuellement par les hommes du Capitaine Pelletier, qui se chargea d'entendre spécialement Tony Cambrera qu'il ne connaissait que trop bien.

Le témoignage des filles, toutes originaires des pays de l'Est, fut accablant pour Tony, qui non seulement les

obligeait à se prostituer, mais les hébergeait dans un minuscule et insalubre appartement de « *Charenton-le-Pont* », tout près de là.
Il leur avait confisqué leurs passeports et pièces d'identité, et elles devaient désormais travailler pour rembourser leur remise en liberté, ne leur laissant pour cela qu'une somme dérisoire en guise de salaire, avec laquelle elles devaient s'acquitter de leur part de loyer et se payer leurs affaires personnelles et la nourriture.
Tony fut mis en examen avec détention immédiate, mais le Capitaine Pelletier allait aussi s'intéresser de près à sa compagne Léa et chercher le rôle qu'elle pouvait jouer dans cette troublante affaire.
Il allait demander et obtenir une commission rogatoire pour perquisitionner leur luxueux appartement de l'avenue Foch.
Le résultat fut inespéré pour les fonctionnaires.
Ils allaient trouver plusieurs armes de poing, de nombreuses munitions, un kilogramme de cocaïne, plusieurs ballots de cannabis, et une somme de cent cinquante mille euros en liquide, sans compter de nombreux bijoux de tout genre.
Léa, qui se trouvait sur les lieux, allait être arrêtée et mise en examen, avec détention immédiate, comme son amant Tony.
De toute évidence, le futur devenait de plus en plus noir pour Jean-Bernard, tous ces fâcheux événements

allaient inévitablement attirer l'intérêt des médias, qui ne tarderaient pas à mettre les projecteurs sur sa famille et ses affaires.

Léa allait laisser de côté sa dignité et appeler son père pour qu'il essaye de la sortir de là. Jean-Bernard malgré son aigreur, ne pouvait laisser tomber sa fille unique, et il allait immédiatement engager un fameux avocat, Maître Lambert, un ténor du barreau parisien. Celui-ci n'eut pas grand mal à convaincre la juge de mettre Léa en liberté, jusqu'au procès.

Quant à Tony, malgré la demande de son avocat, il allait demeurer en prison préventive, étant déjà récidiviste, les faits amputés étaient trop lourds.

15

Même si Léa avait pu retrouver sa liberté, elle était loin d'être tirée d'affaire, de lourds soupçons pesaient sur elle, et la Police ayant trouvé l'avalanche de preuves dans l'appartement qu'elle partageait avec Tony, elle risquait fortement d'être inculpée de complicité, et s'exposait presque à coup sûr, à une lourde condamnation.
Jean-Bernard allait profiter de la situation pour mettre à jour les innombrables questions qu'il se posait au sujet de sa fille, elle allait devoir s'expliquer sur les multiples et obscurs faits auxquels elle n'avait pas daigné donner la moindre réponse ni explication.
L'appartement de Léa et Tony de l'avenue Foch ayant été mis sous scellés, elle dut donner à la juge un domicile et une adresse ou elle serait joignable à toute heure.

Alors bien évidemment, elle allait emménager chez ses parents, avenue du Général Mandel.
Dès le premier soir, Jean-Bernard et Géraldine, sa mère, la pressèrent de questions.
Et même si Léa n'était pas disposée à étaler ses inavouables méfaits, la ténacité et les persévérantes questions de ses parents l'obligèrent à dévoiler quelques forfaitures et perfidies qu'elle ne pouvait cacher.
— Léa ! Pourquoi as-tu quitté ton travail au labo sans la moindre explication ? Tu sais pourtant que « Mhédex » traverse des moments difficiles, voire fatidiques pour son avenir !
Nous sommes au fond du gouffre comme nous ne l'avons jamais été, maintenant que tout semblait aller pour le mieux avec nos nouvelles molécules.
Pourtant c'est à présent que nous subissons une série d'inconvénients et d'aléas inexplicables, c'est toi qui nous lâches, toi, maintenant, la seule héritière du lourd labeur de deux générations !
De plus, tu te mets à fréquenter Tony Cambrera, la pire des racailles, connu comme le loup blanc par la Police, qui t'embarque dans ses pires turpitudes et décadences, te faisant complice de ses abjects et nuisants méfaits.
Léa, les yeux baissés écoutait le sermon de son père sans prononcer le moindre mot.
Géraldine, sa mère, prit alors la parole.

— Tu sais, notre but n'est pas de t'accabler ni de te rendre responsable de tous les maux, mais tu pourrais faire un effort et nous aider, sachant la situation du labo.
D'autre part, tu es enceinte et tu ne te confies pas à nous, tu fais comme si nous étions des étrangers pour toi, je trouve que ce n'est pas une façon d'agir.
Je sais que tu es adulte et que tu peux agir à ta guise, mais ton comportement n'est pas compréhensible, et ton futur enfant, peut-on savoir le nom du père ?
Léa prononça ces quelques mots.
— Je suis désolée, mais pour le moment je ne désire pas le dévoiler !
— Tu sais que malgré l'aide inestimable de Maître Lambert, tu risques une très lourde peine, je ne sais pas seulement si tu en es consciente ? ajouta Jean-Bernard.
— Les armes, la drogue et l'argent qu'ils ont trouvé dans ton appartement, ainsi que la crapuleuse activité exercée par ton ami, risquent de te coûter de nombreuses années d'emprisonnement ! continua-t-il.
— Et comment tu as pu te mettre avec ce sinistre Individu, qui te mènera à coup sûr à la ruine ? Tu es complètement inconsciente et irréfléchie, tu ne tiens pas compte du moindre de nos conseils !
Tu te conduis comme une gamine capricieuse et naïve, sans le moindre sens des responsabilités.

Léa, exaspérée, leva la tête et s'adressa à Jean Bernard.

— Bon, ça suffit comme ça, tu n'as pas à te mêler de ma vie, je suis assez grande pour savoir ce que j'ai à faire, et avec qui ! Merde ! répliqua furieusement Léa.

— C'est vrai ! Tu dépasses les bornes, Jean-Bernard, ce n'est pas une façon de lui parler, après tout, elle est adulte ! vociféra sa mère Géraldine.

— Et puisque l'on est à tout se dire, j'ai aussi une nouvelle pour toi, que je meurs de te révéler, Léa est déjà au courant depuis longtemps ! Jean-Bernard, Léa n'est pas ta fille ! Voilà, maintenant c'est dit !

Poitiers resta de marbre, et mit un moment à réagir.

— Si c'est une plaisanterie, elle est de mauvais goût, et impropre de toi Géraldine !

— C'est tout sauf une blague, et Léa le sait depuis ses douze ans. Elle connaît son géniteur.

Jean-Bernard n'en croyait pas ses oreilles. C'était un rêve, un cauchemar, il allait se réveiller, c'était sûr, tout cela ne pouvait pas être réel.

Il s'avança jusqu'au fauteuil et se laissa tomber. Ses jambes flanchaient et ne le supportaient plus. Pendant un instant, il eut même un petit malaise.

Il fallut même l'intervention de Géraldine, qui lui passa un gant de toilette mouillé sur le visage, pour qu'il reprenne ses esprits.

Il allait rester là, presque immobile pendant un interminable moment, puis il se leva lentement sans

prononcer le moindre mot, et se dirigea vers la porte de sortie de l'appartement.
Il l'ouvrit et s'avança jusqu'à l'ascenseur, sortit de son immeuble et disparut dans la nuit.

Jean-Bernard allait écumer tous les bars du quartier, se posant toujours la même question.
Mais qu'est-ce qui se passe, pourquoi cette indigente infamie s'acharne-t-elle sur moi ?
Jean-Bernard finit par provoquer le patron d'un bar qui ne voulait plus le servir à cause de son évidente ébriété, il appela la Police, qui le conduisit au poste, le plaçant en cellule de dégrisement, où il finit par s'endormir.
Géraldine et Léa, inquiètes allaient contacter la Police et on leur confia qu'il était détenu pour ébriété et qu'il passerait le reste de la nuit en cellule, mais qu'elles n'avaient pas à s'inquiéter pour sa santé.
Le lendemain, il fut libéré, mais personne n'était là pour l'accueillir, alors il prit une chambre dans un hôtel, et ayant acheté quelques habits et des affaires de toilette, se prépara et se rendit en taxi à son bureau *« Quai de Grenelle »*.
Au labo, c'était la panique, Adeline essayait de gérer seule au mieux les commandes, mais aussi les doléances presque journalières qui lui arrivaient des hôpitaux concernant les nombreuses plaintes de leurs

produits, qui provoquaient de plus en plus de néfastes effets secondaires chez les patients.

— Monsieur Poitiers, cela ne peut plus durer, je suis totalement débordée, je fais de mon mieux, mais sans aide, il m'est impossible de continuer à assurer mon travail, d'autant que je ne suis pas qualifié pour certaines missions.

Léa, chargée de la communication, ne vient plus travailler, le poste de Vincent, mon ex-mari, n'a pas été remplacé, et à Pantin c'est pareil, il n'y a plus de contremaitre, c'est un simple ouvrier qui le remplace, mais plus aucun contrôle des produits n'est réalisé.

Quant aux commandes, c'est moi qui les fais chez notre fournisseur chinois de toujours.

— Oui ! Je sais tout cela, Adeline, croyez-moi, et j'en suis conscient. Je vous en remercie infiniment.

Je vais faire le nécessaire dans les plus brefs délais, soyez tranquille, tout va rentrer dans l'ordre rapidement.

16

Gérard suivait avec attention tous ces accablants et fâcheux événements qui tourmentaient Jean-Bernard et sa famille, mais aussi le normal fonctionnement de son entreprise, qui commençait à subir de désastreux et peut-être même d'irréparables revers.

Pourtant, Jean-Bernard n'allait pas baisser les bras, il allait commencer par s'occuper de « Mhédex », en recrutant un nouveau directeur et un chargé de la communication, pour soulager Adeline, puis un responsable de son unité de fabrication à Pantin.

Dès lors, le travail put reprendre normalement, enfin, exception faite des préoccupantes requêtes qui continuaient à submerger le responsable de la communication, qui avait bien du mal à les traiter.

Tout n'était pas réglé, loin de là, mais Jean-Bernard pouvait enfin souffler un peu, même s'il avait dû payer le prix fort pour recruter le nouveau personnel, qui, bien entendu, était au courant de la désastreuse situation du labo.

Il allait même rompre le contrat avec les Chinois, concernant les fournitures des matières premières frauduleuses, pensant ainsi faire taire les continuelles réclamations de ses clients, même si cette action allait lui coûter très cher, puisqu'il avait signé un contrat pour dix ans, et on n'allait pas se gêner pour lui faire payer cette rupture.

De plus, il devait désormais se fournir en Europe à des prix exorbitants, mais c'était le seul moyen à court terme qu'il avait trouvé, pour essayer de sauver son entreprise.

Maintenant ! se dit-il, il allait s'occuper des affaires familiales.

17

Gérard, un peu contrarié par la rapide réaction de Jean-Bernard pour remettre d'aplomb son labo, se trouva un temps désorienté, mais il savait qu'il avait en sa possession des documents extrêmement compromettants et qu'il n'hésiterait pas à s'en servir le moment venu. Pour lui, ce n'était qu'un simple répit pour « Mhédex », le simple fait que Jean-Bernard ait rompu le contrat avec les Chinois ne pourrait effacer les longues années pendant lesquelles il avait fabriqué les médicaments avec cette substance frelatée, et les clients porteraient plainte et le lui feraient payer, et lui, il serait là pour fournir les preuves à charge à travers son avocat.

Désormais, il allait attendre ses décisions au sujet des nombreuses affaires familiales et il se frottait les mains avec facétie en imaginant de quelle manière tout cela allait finir.

Un soir après le travail, Jean-Bernard, rentra chez lui. Son épouse Géraldine se trouvait seule, Léa étant sortie pour faire quelques achats.

— Bonsoir ! s'exclama-t-il.
— Bonsoir.
— Léa est là ?
— Non, elle est sortie.
— Bon ! Je pense que nous devons avoir une sérieuse conversation et peut-être quelques explications de ta part, tu ne penses pas ?
— D'accord, nous allons régler tout cela entre gens civilisés, j'espère ?
— Bien entendu, mais je veux toute la vérité, je suppose que c'est la moindre des choses, tu ne penses pas ?
— C'est entendu, tu vas tout savoir, même si ça ne date pas d'hier !
Léa est la fille de « *Louis Lebrun* », ton ancien directeur de recherche, qui démissionna soudainement, cela va faire vingt-neuf ans maintenant, en apprenant que j'étais enceinte de lui.
Il quitta l'entreprise et même la France pour s'installer aux États-Unis.
Il m'avait demandé de le suivre, mais pour moi, il n'en était pas question.
— Pourtant tu le fréquentais ? Et de plus, tu attendait un enfant de lui, alors pourquoi ?
— Je ne sais pas si tu t'en souviens, mais à l'époque,

nous passions une mauvaise période et nous nous étions éloignés un temps pour réfléchir. C'est là que Louis, qui travaillait au labo et qui était célibataire, me proposa de nous retrouver pour faire quelques sorties, au début en toute amitié, puis le temps passant, notre relation allait évoluer.

Je reconnais volontiers ma faute, mais j'étais troublée, et l'insistance de Louis fit que je devienne sa maîtresse, cela dura environ trois mois, nous nous voyions toujours chez lui et à l'époque, il n'y avait de place que pour ton labo, le reste passait après.

Je sais que ce n'est pas une excuse, mais c'est ainsi que cela s'est passé.

Et puis, je suis tombée enceinte, et Louis voulait que j'avorte. Pour lui, ce n'était pas le moment d'avoir un enfant, il me proposa de le suivre aux États-Unis, alors devant mon refus, il décida du jour au lendemain, de tout quitter, son poste au labo comme tu le sais, mais aussi la France, rejetant ainsi toute responsabilité.

En ce qui me concerne, je ne voyais cela que comme une passade, bien entendu, je savais que nous allions très vite nous retrouver, mais la soudaine nouvelle de mon état allait tout précipiter.

Et je dois dire que pour moi, c'était une opportunité de te retrouver, d'autant que Léa allait naître tout juste neuf mois après notre réconciliation.

Bien entendu, ce fut malhonnête de ma part de ne pas te parler de ma toute récente grossesse qui ne datait que de quelques jours.

Puis le temps passa, et ce fut de plus en plus difficile de te l'avouer, surtout que tu étais ravi d'avoir une bien mignonne héritière, alors voilà, en ce qui me concerne je n'ai jamais revu Louis et il n'a pas non plus cherché à me contacter.

Léa reçut une carte postale le jour de ses douze ans, mais sans le moindre mot ou adresse, elle savait seulement qu'elle venait d'Amérique.

Alors à partir de là, elle n'eut de cesse de me poser des questions au sujet de cette mystérieuse carte.

Elle insista tellement, que je finis par lui raconter mon histoire avec son véritable géniteur.

Mais apparemment, la nouvelle ne l'affecta pas du tout, comme je l'avais craint.

Cependant, je sais qu'elle a essayé de le contacter sur Internet il y a de cela quelques années et qu'ils se sont parlé. D'après ce qu'elle m'a dit, il vit en couple avec une ancienne prostituée.

En tout cas, Léa m'a rassurée, elle ne veut plus avoir le moindre contact avec lui et ce serait réciproque. Je suis ravie de cette nouvelle.

Voilà, Jean-Bernard, tu sais tout. Maintenant, c'est à toi de décider de la suite.

En ce qui me concerne, je t'aime, et je n'ai jamais cessé de t'aimer, malgré cette faute que je ne me

pardonnerais jamais, si elle n'avait pas donné naissance à notre fille Léa.
Jean-Bernard prit son souffle et répondit :
— Géraldine, viens près de moi, s'il te plaît !
Son épouse s'approcha et s'assit sur le divan à ses côtés.
Jean-Bernard la prit dans ses bras et l'enlaça fortement sans prononcer le moindre mot.
Tout semblait être rentré dans l'ordre dans la famille Poitiers.
Léa attendait avec impatience le jour de son procès ainsi que celui de son petit ami « *Tony Cambrera* », car les peines qu'ils encourraient pouvaient être très importantes. Pendant ce temps, elle restait cloîtrée chez ses parents en compagnie de sa mère Géraldine et leur employée Mathilda.

Jean-Bernard, quant à lui, passait ses journées au bureau, essayant de contenir les avocats des nombreux hôpitaux qui avaient déjà porté plainte au sujet des médicaments dangereux fournis par « Médex ».
Mais il avait aussi une autre chose en tête, de laquelle il n'arrivait pas à se défaire, et cette chose le tourmentait jour et nuit.
Il avait bien l'intention de connaitre l'adresse de « *Louis Lebrun* », son ancien directeur de recherche

et ancien amant de son épouse Géraldine, et accessoirement le géniteur de Léa.

Cette idée l'obsédait, alors il entama des recherches sur le web, qui ne tardèrent pas à être fructueuses.

Il savait que le mois d'après, il y avait un colloque sur la recherche scientifique sur le cancer, à San Francisco, la ville où habitait « *Louis Lebrun* ».

Pour lui, c'était inespéré, il allait faire d'une pierre deux coups.

Assister au séminaire, et rencontrer Lebrun.

Pour cette fois, exceptionnellement il allait s'y rendre seul.

18

«San Francisco»

À peine arrivé à « *San Francisco Airport* », puis avoir déposé ses affaires à son hôtel, Jean-Bernard prit un taxi et se rendit à proximité du quartier de Louis Lebrun, pour observer les lieux.

Il connaissait désormais son adresse, il ne lui restait plus qu'une opportunité pour l'aborder.

Il allait marcher quelque temps dans les alentours, mais il ne le rencontra pas, alors il rentra à son hôtel et prépara avec soin son intervention du lendemain devant l'assemblée.

Le jour suivant, l'après-midi, il fit de même, sans le moindre succès.

Le troisième jour, il descendait le trottoir de la rue en pente, et aperçut Louis Lebrun qui montait en sa direction.

Malgré les années passées il le reconnut à l'instant.

Arrivés à hauteur, les deux hommes croisèrent leur regard et se reconnurent immédiatement.

— Jean-Bernard ! C'est bien toi ? Quelle coïncidence, mais c'est incroyable, que fais-tu par ici ? Louis ! Si je m'attendais à te rencontrer à San Francisco !

— Les affaires, Louis toujours les affaires ! Mais tu vis ici, ou tu es en vacances ?

— Les vacances, mon Dieu, non, je travaille ici, et tu vois la maison ocre qui fait coin, et bien c'est chez moi.

— Et tu vis seul ?

— Non, je suis en couple avec une amie.

— Eh bien, je suis heureux de t'avoir revu après toutes ces années, je dois rentrer à l'hôtel pour préparer mon intervention, je fais partie du colloque sur le cancer.

— Attends, nous n'allons pas nous quitter comme ça, tu as bien le temps de prendre un verre ? Allez, vient chez moi nous sommes à côté !

— Bon d'accord, puisque tu insistes !

— Tu sais, il n'y a pas que le travail dans la vie, il faut aussi savoir prendre un peu de bon temps !

— Tu as raison !
Alors ici c'est chez toi et ton amie ?
— Oui, mais à cette heure-ci, elle travaille.
— Je me suis toujours demandé pourquoi tu avais quitté « Mhedex » !
— Oh ! Je voulais voir ailleurs !
— Tu sais, au labo on t'a bien regretté, tu m'as bougrement manqué, et à Géraldine aussi, elle t'appréciait beaucoup tu sais !
— Oui, moi aussi, nous nous entendions bien !
— Effectivement, je crois même que vous étiez très proches.

À ce moment, Jean-Bernard se lève et passe derrière Louis, sort une cordelette de sa poche, et d'un geste brusque la passe autour de son cou et serre de toutes ses forces. Au bout de quelques minutes, Lebrun roule par terre sans vie.

Après avoir pris soin d'effacer toutes ses empreintes et les traces de son passage, Jean-Bernard quitta discrètement les lieux et marcha un bon moment avant de prendre un taxi pour se rendre à son hôtel.

Le lendemain, il s'envola pour Paris et retrouva Géraldine et sa fille Léa.

Sans rien dire des ignobles faits de San Francisco, Jean-Bernard reprit ses activités, comme si rien ne s'était passé.

La police de Californie n'avait aucune piste pour remonter jusqu'au meurtrier, car tout s'était déroulé à la perfection pour Poitiers, et rien ne pouvait les relier, étant donné qu'il n'y avait pas eu le moindre témoin et que Jean-Bernard avait parfaitement fait disparaitre les traces de son bref passage.

Alors, il n'allait jamais être inquiété par cette méprisable affaire.

Il avait ainsi résolu à sa manière ce dédaignable affront à sa dignité qui le tourmentait et qu'il ne supportait plus.

19

Au labo, même si Jean-Bernard avait quelque peu retardé les inévitables actions de la justice, celles-ci avaient inexorablement continué leur parcours, et Poitiers fût convoqué par le juge pour fournir des explications et éclairer le déjà volumineux dossier sur des plaintes de nombreux établissements de santé, qui avaient des fâcheux griefs au sujet des médicaments fournis par « Mhédex ».
Cette affaire devenait de plus en plus embarrassante et ne tarderait pas à faire les grands titres des journaux. D'ailleurs, certains d'entre eux commençaient déjà à les évoquer, comme :
« *De possibles problèmes concernant certains médicaments chez MHEDEX* », ou encore
« *MHEDEX pourrait commercialiser certains médicaments douteux contre le cancer* »

Bien évidemment, Jean-Bernard devait stopper immédiatement la prolifération de telles nouvelles, au risque de mettre en péril son entreprise.
Pour le moment, ces fuites étaient relayées aux faits divers, mais elles pourraient parvenir rapidement au premier plan et ruiner irrémédiablement le labo.

Naturellement, pour Gérard Mercier, c'était une excellente nouvelle. Il jubilait, peut-être même n'aurait-il pas à intervenir auprès des juges en apportant ses preuves, les journalistes se chargeraient de l'accabler en faisant le travail à sa place.
Mais la tentation était trop grande, Gérard voulait voir son ancien despote mordre la poussière.
Alors, il allait faire une nouvelle tentative en contactant Poitiers. Mais cette fois, il allait être beaucoup plus incisif et tranchant avec lui.
Toujours en maquillant sa voix, il appela Jean-Bernard.
— Allô ! Bonjour ! Êtes-vous Monsieur Poitiers ?
— Oui, lui-même, à qui ai-je l'honneur ?
— Peu importe, Monsieur, je suis au courant de vos contrats et accords avec les Chinois, qui vous fournissent des produits frelatés et que vous utilisez pour la fabrication de vos médicaments que vous surfacturez à vos clients. Pourtant, vous savez parfaitement qu'ils sont dangereux pour la santé, voire mortels !

— Et qu'est-ce qui vous permet de tenir de tels propos et calomnieuses affirmations ?

— Des preuves, Monsieur ! De nombreuses preuves vous accablant.

— Ah oui ? Et je suppose que vous voulez de l'argent en échange de votre discrétion ?

— Nous verrons, Monsieur Poitiers, nous verrons, Je vous donnerai de mes nouvelles.

Jean-Charles accusa le coup, mais resta stoïque. Il en avait vu d'autres dans sa vie, et il n'allait pas se laisser impressionner aussi facilement. Cependant, toutes ces contrariétés venaient une fois de plus s'acharner sur sa personne et le rendaient de plus en plus irritable et ombrageux, d'autant qu'il ne comprenait pas ce soudain acharnement du destin.

C'était inexplicable, et lui qui avait toujours si bien tout contrôlé dans sa vie, voyait maintenant comment les choses lui échappaient.

Pourtant, il avait vécu des périodes difficiles et problématiques dans son long parcours de chef d'entreprise, mais cette fois, c'était autre chose. C'était certain, on voulait le faire plier, et pour lui, ce n'étaient pas de simples coïncidences, mais bel et bien un complot.

20

« Prison de frênes »

Prison de frênes, six heures du matin. À l'heure du lever, les sirènes se mirent à hurler.
Le détenu Tony Cambrera, n'était plus dans sa cellule. Il s'était évadé.
Naturellement, ce fut le grand branle-bas dans l'établissement pénitentiaire de l'allée des Thuyas de Fresnes, au Sud de Paris.
Tony avait réussi à se faire *« la belle »* en se dissimulant la veille au soir, parmi les cartons qui partaient aux ordures. Il réussit ainsi facilement à fausser compagnie aux gardes qui ne s'attardaient pas

trop à contrôler le camion des détritus, et il se retrouva très vite à l'extérieur de l'enceinte de la célèbre maison d'arrêt.

Il avait soigneusement placé sa couverture sur de nombreux vêtements et objets pour tromper les surveillants qui faisaient la ronde et jetaient un coup d'oeil furtif à travers le judas, durant la nuit.

Tony n'eut aucun mal à s'extraire du camion, celui-ci devait emprunter l'autoroute A86, toujours encombrée à cette heure, pour se rendre à la plateforme de recyclage des ordures du Sud parisien.

Il sauta facilement du camion, juste avant l'avenue de Versailles, à « *Choisy-le-Roi* », et disparut rapidement.

Une dizaine de minutes après, il allait agresser une automobiliste, arrêtée à un feu rouge en face du tennis club de la ville, l'extrayant de son véhicule sans le moindre ménagement, et allait se diriger vers « *Créteil* » pour reprendre l'autoroute A86 et rejoindre l'autoroute de l'Est A4 à « *Saint Maurice* ».

Il se dirigea vers « *Marne-La-Vallée* » où il allait abandonner le véhicule sur le parking de Disney Village.

Là, il n'eut aucune difficulté à en dérober un autre, qui lui permit de revenir à Paris où il avait de nombreuses connaissances qui pouvaient l'héberger le temps nécessaire pour se faire oublier des autorités.

Il allait rester quelques semaines sans à peine sortir, chez son ami de toujours, « *Denis Gautier* », faisant partie de la même bande de malfrats.

Lorsqu'il décidait de faire un tour, toujours la nuit, il revêtait les habits habituels de son ami, généralement un survêtement, toujours flanqué d'une large capuche.

Il avait rasé sa barbe, et portait désormais de fausses lunettes, ce qui le faisait se sentir en relative sécurité.

Mais le plus difficile pour lui, c'était l'absence de Léa, qu'il n'était pas question d'essayer de joindre au téléphone, il savait parfaitement la facilité avec laquelle la Police pouvait localiser les appels.

Pourtant, il devait trouver le moyen de la contacter, son absence lui devenant insupportable.

Bien évidemment, il n'était pas question d'employer un quelconque moyen informatique, téléphone ou e-mail, alors il fallait trouver autre chose.

Et cette autre chose, c'était le courrier. Une simple lettre envoyée par la bonne vieille Poste, c'était ce qu'il avait trouvé de plus anonyme et de moins traçable.

Alors, il rédigea une petite missive, pour lui donner un rendez-vous, et son collègue Denis la plaça dans une boîte postale à l'autre bout de la ville.

Deux jours après, elle arriva au domicile parmi le volumineux courrier des Poitiers, avenue du Général Mandel dans le seizième.

Léa récupéra la lettre, et à peine avait-elle commencé à la lire, sauta littéralement de joie, lorsque son petit ami lui disait qu'il était libre et qu'il désirait la rencontrer au plus vite.

Elle ne comprenait pas tout, car Tony ne lui donnait pas de détails, mais le ravissement de pouvoir retrouver son amoureux la rendait délicieusement euphorique.

Enfin, ils allaient être de nouveau ensemble, puisque depuis sa détention, Léa n'avait pas obtenu la moindre autorisation de visite au parloir, et ils ne s'étaient pas revus.

Dans sa lettre, Tony lui donnait rendez-vous dans une petite brasserie qu'ils connaissaient bien, tenue par un de ses potes, en lui donnant toutes les explications pour éviter d'être éventuellement suivie par la Police.

Tony attendait Léa, assis à une table près de la sortie de secours, au cas où elle aurait été suivie.

Mais par chance pour eux, la Police n'avait pas eu la moindre information de cette rencontre, et les deux amoureux se jetèrent dans les bras avec ardeur.

Ils prirent place à la table et Léa interrogea.

— Chéri, comment tu as fait pour t'évader ?

— C'est un peu rocambolesque, je te raconterai !

— Je suis super contente de te retrouver, j'en pouvais plus d'attendre, mais j'étais certaine que tu trouverais le moyen de t'échapper !

— Oui Léa, moi aussi, chaque jour sans toi me rendait fou, alors il fallait que je te retrouve par n'importe quel moyen !

Et maintenant, nous sommes là, tous les deux. Tu sais, Denis, mon pote, nous a réservé une chambre discrète dans le quartier, j'ai hâte d'être enfin dans tes bras !

— Tu es génial mon chéri, allons-y, je suis pressée d'être seule avec toi, j'ai tellement attendu ce moment !

— Oui Léa, je ne pense qu'à ça, mais nous devons être très prudents, n'oublie pas que j'ai les flics à mes trousses ! Tu as bien fait comme je te disais dans la lettre, pour vérifier que tu n'étais pas suivie ?

— Oui ! Oui ! T'en fais pas, je suis certaine que personne ne sait que je suis là !

Il était près de vingt-deux heures, et les petites rues du quartier étaient vides. Tony et Léa, enlacés, prirent la direction de l'hôtel à quelques rues de là.

Tony, méfiant, jetait un coup d'oeil de temps à autre en arrière, pour s'assurer que personne ne les suivait.

Arrivés, ils montèrent les escaliers quatre à quatre pour se retrouver au premier étage.

Tony ouvrit la porte, et tous deux pénétrèrent dans une petite mais coquette chambre, et s'empressèrent de refermer à clef derrière eux.

Tony se précipita vers l'unique fenêtre, et vit qu'elle donnait sur une minuscule cour intérieure, par où ils pourraient s'échapper si besoin. Son ami avait suivi à la lettre les instructions pour la réservation de la chambre.

Maintenant un peu plus détendu, il s'approcha de Léa et la prit fougueusement dans ses bras.

— Tu m'as trop manqué ma chérie, tu ne peux pas savoir, c'était trop dur d'être enfermé dans cette espèce d'asile, j'en devenais fou, tout le monde est dingue, les détenus comme les surveillants, c'est vraiment un monde à part, tu n'es jamais en sécurité, à n'importe quel moment, quelqu'un peut te planter, et je ne te parle pas des ignobles humiliations, je ne veux même pas y penser.
Et puis tu n'étais pas là. Tu m'as manqué tu sais, tu ne peux pas imaginer à quel point !
Je t'assure, je ne veux plus y retourner, non ! Pour rien au monde !

— Mon pauvre chéri, ne t'en fais pas, nous allons disparaitre, nous irons à l'autre bout du monde s'il le faut. Il n'est pas question que l'on passe en jugement, la sentence serait terrible, ils ont trop de charges contre nous.
Ne t'en fais pas, mon père a de l'argent. On va s'en sortir, et nous resterons ensemble pour toujours.

— Oui chérie, il faut absolument qu'on disparaisse, nous allons mettre au point un plan, mais pas maintenant. Cette nuit, nous avons mieux à faire !
Puis ils se jetèrent dans les bras l'un de l'autre.

21

Le lendemain, Jean-Bernard allait recevoir à son bureau, une volumineuse lettre qui contenait des photocopies de bons d'achat signés de sa main, et des factures passées au fournisseur chinois par « Mhédex », avec un simple « *Post-it* » sur lequel figuraient ces quelques mots :

VOUS VOYEZ M. POITIERS, JE NE PLAISANTE PAS

Jean-Bernard fit un petit malaise, et s'écroula sur son fauteuil. Cette fois, c'était trop.
Aussitôt, sa secrétaire accourut et appela les secours, qui ne tardèrent pas à se présenter. Poitiers commençait déjà à reprendre ses esprits.
Il l'interpela avec son index, elle s'approcha, et Jean-Charles lui murmura discrètement quelques mots à l'oreille.

Elle remit les photocopies dans l'enveloppe, puis elle plaça le tout dans le coffre-fort.

Jean-Charles, malgré son refus, fut évacué par le SAMU et hospitalisé, pour subir un bilan complet de son état de santé.

Géraldine se rendit aussitôt à son chevet.

Cette fois, les choses devenaient sérieuses, c'était la première fois qu'il doutait de son inébranlable impétuosité et de son intrépide témérité.

Les résultats des analyses ne décélèrent aucune anomalie grave. Peut-être un simple coup de fatigue.

Il passa la nuit à l'hôpital, puis regagna son domicile le lendemain après-midi.

Son épouse Géraldine était seule.

— Léa est rentrée ?

Demanda Jean-Charles.

— Non, je ne l'ai pas vue depuis hier, je pensais qu'elle était allée prendre de tes nouvelles ?

— Et toi, comment vas-tu ?

— Ça va ! Juste un peu fatigué ! Léa n'est pas passée à l'hôpital !

— Eh bien, je n'arrive pas à la joindre, elle est partie un peu avant midi, nous devions déjeuner ensemble, mais depuis, je n'ai plus aucune nouvelle.

Le soir venu, Léa n'avait toujours pas donné le moindre signe de vie, mais la connaissant, ils allaient laisser passer la nuit.

La journée du lendemain passa sans nouvelles, ça commençait à devenir inquiétant.
Les Poitiers ne savaient plus quoi faire, du fait que Léa était adulte.
Jean-Bernard se rendit à son bureau et fut accueilli chaleureusement par tous les employés, en particulier sa secrétaire « *Lucie* ».

— Merci à tous, pour votre aimable accueil ! s'exclama-t-il. Lucie, s'il vous plait, avez-vous bien rangé l'enveloppe comme je vous l'avais demandé ?

— Oui ! Oui ! Bien sûr Monsieur Poitiers, tout est dans le coffre.

Jean-Charles ouvrit son coffre-fort, comme s'il voulait s'assurer qu'il n'avait pas rêvé, mais l'enveloppe était bien là.
Il la prit, la sortit, et examina une à une chaque feuille.
C'étaient bien des copies des vrais documents, il n'y avait pas le moindre doute.
Qu'allait-il faire maintenant ? Peu de choix s'offraient à lui, l'escroc détenait des documents qui pouvaient ruiner son entreprise, mais aussi toute sa famille, puisqu'il allait perdre tous ses avoirs et à coup sûr, il allait être condamné à une lourde peine de prison.
Alors, la peur au ventre, il allait attendre que le minable escroc se manifeste et dévoile ses intentions.
Une semaine passa, et pas la moindre nouvelle de son infâme et misérable canaille.

22

Pendant ce temps, toujours pas la moindre nouvelle de Léa, mais la presse relatait chaque jour l'évasion de Tony Cambrera, et les Poitiers n'avaient pas tardé à faire le rapprochement avec sa disparition.
Le Capitaine Pelletier se présenta chez les Poitiers. Bien évidemment, Géraldine et Jean-Bernard s'attendaient tôt ou tard à cette visite.

— Monsieur et Madame Poitiers, avez-vous des nouvelles de votre fille ou de son petit ami Tony Cambera ?

— Non, Capitaine, pas la moindre, et nous sommes inquiets pour notre fille ! répliqua Géraldine.

— Mais pourquoi n'avez-vous pas signalé sa disparition ?

— Mais Capitaine ! repris Jean-Bernard, un peu affligé.

Vous savez qu'elle est adulte, de quel droit voudriez-vous que l'on se mêle de sa vie ? Elle fait ce qu'elle veut, et elle n'a pas à nous demander la permission.

— C'est certain ! Mais à votre place, je me serais inquiété, mais vous avez sans doute raison, elle a sa vie !
En tout cas, je compte sur vous pour me tenir au courant, si elle ou son ami apparaissent. Vous savez, si elle est mêlée de quelque manière à son évasion, elle finira en prison, et je doute que le juge lui accorde la liberté jusqu'à son procès.

— Très bien Capitaine, comptez sur nous !
Une fois le policier parti, Géraldine rompit en larmes,

— Mon Dieu ! Où est-elle maintenant ? Elle va me rendre folle !

— C'est plus que certain ! affirma Jean-Bernard, elle est avec ce voyou de Tony, elle ne comprendra donc jamais ! Elle ne sait pas ce qu'elle fait, cette fois, elle va se retrouver en prison, ou pire, ce mec est capable de tout pour échapper à la justice, et Léa risque de payer à sa place, c'est sûr !

— Ne dis pas ça ! S'il te plait ! implora Géraldine.

— Mais ouvre les yeux ! Elle est folle de lui, il va la manipuler à sa guise et l'asservir pour la pousser à assumer toute la responsabilité à sa place, c'est évident ! Ou pire, s'il est obligé de fuir, il pourrait même s'en servir comme otage, et même s'en débarrasser si nécessaire.

— Mais que pouvons-nous faire pour la tirer de là ?

— Je crains que nous ne puissions pas la localiser elle est injoignable, et même si nous arrivions à lui parler, je doute qu'elle veuille seulement nous écouter. De toute manière, la Police a des moyens que nous n'avons pas, et si quelqu'un peut la trouver, je crains que ce ne soit eux.

— Espérons au moins qu'on ne lui ait pas fait de mal !

— Oui ! Parce que de toute manière, elle devra rendre des comptes à la justice.

23

Pour Tony et Léa, ça devenait urgent, ils devaient rapidement trouver le moyen de se procurer de l'argent s'ils voulaient échapper à la Police.
Alors, peu de solutions s'offraient à eux, surtout qu'il leur faudrait une somme très importante pour vivre dans la clandestinité et pour voyager.
Que faire ?
Un braquage ? Non, les risques étaient trop grands, et de plus, ils n'avaient jamais fait cela. C'était impossible, ils n'étaient pas des professionnels, et ils n'avaient pas les moyens de se procurer des armes, et à deux, ils n'iraient pas loin, le risque était beaucoup trop important, alors quoi d'autre ?
Tony étant dans l'impossibilité d'apporter le moindre euro, tous ses avoirs ayant été saisis lors de la perquisition, la seule solution était toute trouvée,

c'était de feindre un enlèvement de Léa, et demander une rançon à ses parents.
Tous deux tombèrent d'accord sur cette solution.

— Oui Tony ! Faisons cela, ils ont de quoi payer, et Ils vont accepter, c'est sûr !

— Ok Léa ! Si tu es d'accord, on va essayer ! Nous allons faire une petite mise en scène avec toi et prendre une photo, il faut que ça soit crédible !

— D'accord !

Léa débraillla négligemment ses vêtements, ébouriffa sa chevelure, et fit couler son maquillage, puis elle s'assied sur une chaise placée dans un coin de la pièce. Ensuite, Tony lui entrava les poignets et les pieds, et enroula son corps avec du ruban adhésif.

Il prit le journal du jour, et le plaça bien en évidence sur ses genoux.

Puis Tony allait prendre une photo de Léa avec son smartphone.

Le surlendemain, les Poitiers allaient recevoir une lettre qui leur glaça le sang.

Dans l'enveloppe, ils allaient trouver la photo de Léa dans un état lamentable, accompagnée d'une lettre manuscrite disant :

Monsieur et Madame Poitiers,

Nous détenons votre fille Léa. Pour le moment, elle est en bonne santé, mais si vous voulez la revoir vivante, vous devrez nous verser la somme d'un million d'euros en billets usagés et en différentes coupures n'excédant pas cent euros, et dont les numéros de série ne soient pas consécutifs ni marqués d'aucune façon.
Important.
Si les autorités sont prévenues, vous ne reverrez plus jamais votre fille vivante et elle vous sera livrée découpée en morceaux à votre domicile.
Vous avez cinq jours pour réunir l'argent.
Nous allons prendre contact avec vous pour les modalités

C.T.F.

Géraldine et Jean-Bernard n'en croyaient pas leurs yeux. C'était comme dans un cauchemar, ils regardaient la photo et relisaient la lettre tour à tour, puis ils recommençaient.
Que se passait-il dans leurs vies ? Quelle tempête, quelle tourmente quel cataclysme s'abattait sur leur famille ?
Comment cela était-il possible ?
Ils restaient là, face à face, les documents entre leurs mains, sans dire un mot, comme figés.
Puis, le temps passant, ils commençaient à se demander comment ils allaient payer cette somme sans éveiller des soupçons.

— Écoute Géraldine, sois tranquille, nous allons payer, en rapatriant les cinq cent mille euros de notre compte en Suisse, cela fera déjà la moitié. Pour le reste, nous allons hypothéquer nos deux appartements : celui-ci, et celui de l'avenue Foch.
Par la suite, je vais m'arranger avec notre banquier.

— Mais que se passera-t-il si nous ne pouvons pas rembourser les traites des hypothèques ? Nous allons perdre nos appartements et nous retrouver à la rue.

— Sois tranquille, tu oublies que nous avons « Mhédex ».
Mais Jean-Bernard, lors de son hospitalisation à cause de son petit malaise, que l'on attribua à la fatigue, ne révéla jamais à Géraldine, le contenu de la volumineuse lettre qu'il avait reçue à son bureau, avec

les photocopies des documents compromettants impliquant les produits élaborés dans son labo.

Pour lui, c'était certain, on allait lui demander de l'argent en contrepartie de la destruction des preuves de son implication dans la fabrication de produits douteux.

Alors dans ce cas, comment pourrait-il faire face à cette nouvelle demande ?

Poitiers se trouvait pris entre deux feux, comment allait-il pouvoir œuvrer, si le maitre-chanteur lui réclamait une grosse somme ?

Il ne dormait plus et mangeait à peine. Complètement accablé par les événements, il errait comme hors du temps. La journée, il tournait en rond dans son bureau, et le soir, il restait assis dans son fauteuil, anéanti, sans à peine parler.

Géraldine de son côté, attendait avec appréhension et inquiétude les injonctions des ravisseurs.

— Jean-Charles ! Tu as pu réunir la somme qu'ils nous demandent ?

— Oui ! J'ai tout réglé, le banquier nous a accordé une hypothèque de cinq cent mille euros pour nos deux appartements, j'ai tout l'argent dans le coffre du labo, sois tranquille. Attendons maintenant leur contact.

Cette malheureuse histoire avait rapproché le couple, qui battait de l'aile à cause de la paternité de Léa.

Alors, Jean-Bernard, après avoir hésité, décida de lui parler du second problème qui concernait « Mhédex ».

Géraldine, naturellement, fut atterrée par la nouvelle.

— Ne te tracasse pas, sois forte ! Nous allons nous en sortir, comme toujours.

Mais il savait parfaitement que cette fois, c'était différent, il était dans une situation catastrophique, et contrairement à d'autres adversités qu'il avait pu surmonter le long de sa vie, celle-ci pourrait lui être fatale et le conduire à la ruine.

24

Cinq jours plus tard, les Poitiers allaient recevoir une seconde lettre des « *ravisseurs* » avec seulement ces quelques mots :

Si vous avez la totalité de l'argent demandé, accrochez un chiffon rouge bien visible à votre balcon.

C.T.F.

Géraldine chercha rapidement dans ses placards et trouva un « *T-shirt rouge* » de son mari, et le noua solidement à la balustrade.

L'après-midi, Léa quitta discrètement l'hôtel où ils logeaient et emprunta le métro « *Porte de Pantin* », situé juste à côté, et regagna la station « *rue de la Pompe* » à quelques centaines de mètres de l'appartement de ses parents.

Elle aperçut immédiatement le tissu rouge et reprit aussitôt le chemin de retour.

Arrivée à leur chambre, elle se jeta au cou de Tony.

— C'est bon chéri ! Ils ont l'argent, c'est génial, nous allons fêter ça ! J'ai acheté une bouteille de champagne et de la nourriture pour quelques jours, nous devons nous débrouiller avec les cinq cents euros qu'il me reste en liquide, car bien évidemment, il ne faut pas utiliser ma carte, c'est beaucoup trop dangereux.

— C'est super ! S'exclama Tony, nous allons passer à la phase suivante, j'ai déjà cogité sur la manière de le récupérer discrètement.

Je connais très bien une aire de repos sur l'A4, elle m'a déjà servi de rendez-vous, nous allons demander d'y déposer l'argent et nous allons le suivre en voiture.

— En voiture ? Mais nous n'en avons pas ?

— Ne t'en fais pas, ça c'est mon affaire !

Regarde, j'ai déjà rédigé la lettre avec les instructions que nous allons leur envoyer.

Après-demain à 22 heures, déposez l'argent dans un grand sac à ordures noir, derrière le dépôt à déchets du coin pique-nique qui est juste le bâtiment sanitaire de l'Aire de Romigny à environ 120 km de Paris sur l'autoroute de l'Est A4.

Vous devez venir seul, le lieu sera surveillé par notre Organisation. Si tout se passe bien, votre fille sera chez vous le soir même, mais bien évidemment, si vous ne respectez pas les instructions ou que la Police est prévenue, vous connaissez les conséquences.

C.T.F.

Comme convenu, Jean-Bernard, allait exécuter les consignes à la lettre.

Le soir venu, vers vingt et une heures, alors qu'il était seul dans le labo, il allait placer les billets qu'il gardait dans son coffre dans un grand sac noir pour ordures, et le déposer dans le coffre de sa « *Mercedes* ».

Tony Cambrera, qui n'avait eu aucune difficulté à dérober une superbe « *BMW Série 2 Gran Coupé* » au courant de l'après-midi, accompagné de Léa, attendait à proximité, le départ de Jean-Bernard.

Dès que celui-ci démarra, Tony et Léa allaient le suivre discrètement.

Ils allaient emprunter la direction de Charenton-le-Pont et s'engager sur l'autoroute de l'Est.

Une heure après, Poitiers aperçut le panneau annonçant « *l'Aire de Romigny* », et s'engagea vers l'accès. Tony allait le suivre quelques minutes après en évitant de se faire remarquer.

Les lieux étaient presque déserts, mis à part deux poids lourds étrangers, qui visiblement, se reposaient pour la nuit.

Jean-Bernard aperçut rapidement le dépôt de déchets tout juste derrière le bâtiment des sanitaires, exactement comme indiqué sur la lettre.

Il stationna son véhicule juste à côté, et sortit le sac contenant les billets de son coffre, et le déposa sur le sol, puis repris l'autoroute. À quelques kilomètres, il

quitta l'A4 par la sortie vingt-deux à « *Tinqueux* », juste avant l'agglomération de « *Reims* ».
Aussitôt parti, Tony approcha lentement et s'arrêta devant le sac noir. Il descendit de la voiture et alluma une cigarette, tout en scrutant le moindre mouvement ou bruit suspect. Ne décelant rien d'anormal, il lâcha son mégot et prit rapidement le butin, le jeta négligemment dans le fond du coffre, et démarra sur les chapeaux de roue.
Ils empruntèrent le même itinéraire que Poitiers, et regagnèrent « *Pantin* » pour rejoindre leur cache.
Tony déposa Léa et le « *magot* » à l'hôtel, et abandonna la BMW quelques rues plus loin, dans la « Z.A.C. Hoche », portières ouvertes et clefs sur le contact.
— Ma belle ! Se dit-il, je sens que tu vas changer bientôt de propriétaire !
Puis il rallia rapidement l'hôtel à pied.
Léa était là, sur le lit, entourée de billets de banque.
— Tony, regarde ! Nous sommes riches, tout en se roulant comme une gamine, sur l'argent qu'elle avait éparpillé sur le couvre-lit.
Tony la rejoint et la prit dans ses bras, puis ils allaient fougueusement faire l'amour sur ce curieux matelas de papier.
Quelque temps après, désormais plus apaisés, ils allaient s'assoir à la petite table pour dîner, avec les quelques victuailles que Léa avait apporté la veille et

profiter pour parler de la suite, il fallait maintenant se mettre en sécurité avec l'argent et surtout trouver le moyen de pouvoir s'en servir normalement, avec deux cartes bancaires et deux chéquiers, car les paiements en liquide étaient limités à mille euros.

— Tony ! Comment faire pour déposer une telle somme et avoir ces moyens de paiement ? Aucune banque n'acceptera cet argent sans poser des questions, tu le sais ?

— J'en connais une ! C'est la G.B. « *Gypsy Bank* » Tous les gens du voyage la connaissent et l'utilisent, par contre ils prennent cinq pour cent pour leurs frais. Elle bénéficie d'un statut à part et à été créé spécialement pour cette catégorie de personnes qui n'ont pas de domicile fixe et sont presque toujours payées en cash.

— Bon c'est acceptable, de toute manière on n'a pas tellement le choix.

— Oui ! D'autant que l'on dispose de tous les services des autres banques, et les dépôts en liquide sont sans limite, et surtout, sans questions embarrassantes.

— Alors n'en parlons plus, c'est réglé, nous allons y déposer l'argent.

— Oui ! Mais il nous reste à régler une question primordiale, n'oublie pas que nous sommes recherchés par la Police, alors nous devons décider avant toute chose, de trouver un endroit pour nous mettre à l'abri où vivre tranquilles.

— C'est vrai, je l'avais presque oublié !

— Nous avons le choix, nous pourrons récupérer notre argent presque partout, mais il faut impérativement éviter les distributeurs automatiques des autres banques.

— Bon, on fait comment maintenant ?

— La première des choses est de mettre l'argent à l'abri. Après, nous allons choisir un de ces paradis, dans les Caraïbes, qu'est-ce que tu en penses ?

— C'est génial bien sûr ! Tony, tu es un génie ! Tu es mon génie !

— Écoute chérie ! Je vais déposer l'argent à la banque, il vaut mieux que j'y aille seul, c'est moins risqué, et ils ne font de confiance qu'a l'un des leurs. Attends-moi tranquillement. Ici tu ne risques rien, je serai de retour dans quarante-cinq minutes, et après nous allons nous occuper de nous.

— D'accord chéri, je vais réfléchir à l'endroit qui me plairait, je t'attends, sois prudent.

— Ne t'en fais pas, attends-moi tranquillement.

Mais bien évidemment, Tony n'avait pas l'intention de revenir. Il savait ce qu'il voulait, Léa ne l'intéressait plus, surtout depuis qu'elle l'avait quitté pour se fiancer avec Gabriel, et l'avait laissé tomber du jour au lendemain, sans aucune explication. Cela, il ne lui avait jamais pardonné.

Il tenait là sa vengeance et en même temps une inespérée somme d'argent, alors il avait tout fait pour la mener en bateau.

Quant à la fameuse G.B. « *Gypsy Bank* », elle n'existait pas bien entendu.

Tony avait tout manigancé pour s'approprier toute la rançon. Léa n'avait jamais été incluse dans ses plans et il avait une tout autre destinée pour elle.

Il allait se rendre chez un passeur pour déposer l'argent sur un compte en suisse et disparaitre en se rendant à Barcelone par la route, puis prendre un vol pour « *Rio de Janeiro* ». Léa passa toute l'après-midi et toute la nuit à l'attendre. Désespérée de ne pas le voir revenir, elle ne savait plus quoi faire, ni quoi penser.

Toutes sortes d'idées lui passaient par la tête, mais elle comprit très vite qu'elle s'était fait avoir, et que Tony ne lui avait pas pardonné et s'était clairement vengé.

Alors, il ne lui restait plus qu'une chose à faire, retourner chez ses parents.

C'est ce qu'elle fit dès le lendemain matin.

Lorsqu'elle arriva, avenue du Général Mandel, Géraldine et Jean-Bernard, l'accueillirent avec une immense et indescriptible joie.

— Léa ma chérie, ils t'ont libéré, ils ne t'ont pas fait de mal au moins ?

Nous avons eu si peur ! Mais maintenant tu es là, c'est extraordinaire.

— Oui ! Nous n'étions pas sûrs qu'ils allaient tenir parole, mais heureusement tout finit bien.

Effectivement, la fin, pour Léa, pensaient-ils, avait été heureuse, mais les Poitiers se trouvaient désormais dans une périlleuse situation, sans plus aucune économie et à la merci de la banque, qui au premier faux pas, leur prendrait les deux appartements hypothéqués.

25

Tony arriva sans encombre à Barcelone et abandonna le véhicule qu'il avait volé dans l'immense parking, puis se dirigea vers le guichet « *d'Iberia* » et demanda un aller simple sur le premier vol en partance pour Rio. Sans le moindre problème, presque détendu, il s'apprêtait à passer la douane.
Mais l'agent, tout d'abord souriant, consulta à plusieurs reprises le passeport et son écran d'ordinateur.
Son visage soudain changea.

— « *Un momento por favor* » (Un moment s'il vous plaît).

Le fonctionnaire décrocha son combiné, et trente secondes après, deux agents de « *la Guardia Civil* » étaient là.

Tony se mit presque à trembler.

— Pouvez-vous nous suivre s'il-vous plait ?

Il s'exécuta à l'instant, il avait compris que les graves ennuis allaient commencer pour lui, mais il s'était juré qu'il ne retournerait pas en prison, alors il se jeta sur l'un des agents, et réussit à le faire chuter et lui substituer son arme de service.

Il fit feu sur le second agent qui avait dégainé son pistolet, et Tony l'abattit froidement. Ensuite, sans lui laisser la moindre chance, il tira à deux reprises sur celui qui gisait sur le sol.

Un indescriptible chambardement se produisit dans le hall, ce fut un véritable affolement parmi les voyageurs, qui transforma tout le terminal en un chambardement provoquant un chaos et un tumulte indescriptible.

Tony, pistolet en main, regagna l'extérieur et déroba un véhicule, en éjectant le conducteur qui attendait sur l'aire de dépose minute.

Il emprunta immédiatement la bretelle de sortie et s'engagea sur l'autoroute 32 en direction de Barcelone.

Arrivé à « *El Parque de Cervantes* », il prit sur sa droite, la « *Avenida Diagonal* » où il allait abandonner le véhicule et s'engouffrer dans le métro, station « *Zona Universitaria* ».

Ensuite, il allait chercher sur le plan du métro la station qui le mènerait à « *las Ramblas* » dont il connaissait le nom et descendit à la station « *Liceu* ».

Là, parmi la foule toujours aussi présente, il allait pouvoir se sentir protégé. Désormais plus soulagé, il prit le temps de se restaurer et de chercher dans les ruelles de la vieille ville, un « *hostal* », sorte de petit hôtel pourvu des services minimums, qu'il ne tarda pas à trouver. Il s'installa dans une petite chambre au deuxième étage, sommairement meublée d'un lit une petite armoire et un minuscule coin sanitaire, avec une fenêtre qui donnait sur une ruelle bruyante typique de la vieille ville.

Là, il se sentait en sécurité, car on ne lui demanda aucun document, il suffisait de payer sa chambre d'avance. Mais les ruelles de la vieille ville, étant fréquentées par toutes sortes de malfrats et dealers, grouillaient aussi de délinquants repentis, réquisitionnés par la Police comme délateurs à leur service, et Tony, qui dès le lendemain, faisait les gros titres des journaux et chaines d'information en continu, ne pouvait échapper à ces informateurs qui voulaient s'attirer les bonnes grâces de la Justice en contribuant à l'arrestation d'un « *gros poisson* ».

Cependant, Tony en délinquant aguerri, flaira le piège, et dès la nuit suivante, grimé au maximum, il déroba un véhicule et allait se mettre « *au vert* » en quittant discrètement sa planque, et il abandonna Barcelone pour un endroit plus sûr dans un des villages de la côte catalane. Pour cela, il emprunta la nationale 10 qui longeait le bord de mer, et arrivé à hauteur de « *Can Sagrera* », il bifurqua sur sa droite pour se retrouver sur « *Arenys de Mar* », station de plaisance et important port plaisancier de la « *Costa Dorada* ».

Il descendit tranquillement la rue principale qui menait au port de plaisance et aux plages, et s'engagea sur le « *Passeig Xifré* », large promenade qui longeait le port et les plages, en direction du Sud. Ne sachant où aller, il s'arrêta devant le camping « *El Carlitos* » et demanda s'ils avaient un bungalow de libre. Par chance, il put en louer un, mais à l'accueil, on lui demanda sa pièce d'identité ou son passeport.

Il allait répondre qu'on venait de lui voler tous ses documents et qu'il allait porter plainte dès le lendemain, et qu'il fournirait le document sans faute.

On lui remit la clef de son habitation, et Tony, après avoir dissimulé au maximum le véhicule volé, s'installa dans sa nouvelle demeure.

Après avoir acheté quelques victuailles pour son diner à la supérette, il put enfin se coucher pour essayer de dormir.

26

À Paris, Gérard Mercier allait désormais passer aux choses sérieuses. Il contacta Jean-Bernard à son bureau du Labo, et sa secrétaire décrocha.
— Allô bonjour ! Pourrais-je parler à Monsieur Poitiers s'il vous plaît ? annonça-t-il avec sa voix déguisée, comme d'habitude.
— Oui, un instant, je vous le passe !
— Bonjour Monsieur, je suppose que vous reconnaissez ma voix, n'est-ce pas ?
— Oui, très bien ! Allez-vous me dire ce que vous

voulez une fois pour toutes ? répondit Jean-Bernard d'un air énervé.

— Eh bien ! C'est tout simple, je veux « Mhédex » !

— Vous voulez quoi ?

— Vous avez très bien compris, Monsieur Poitiers.

Un long silence allait suivre. Jean-Bernard avait tout imaginé, mais pas cela, pas que l'on lui prenne son entreprise, elle était pour lui plus qu'un laboratoire, c'était toute sa vie, et il l'avait hérité de ses parents et elle serait plus tard à sa fille unique Léa, alors non ! Tout sauf cela.

Ses pensées furent soudainement interrompues par Gérard.

— Allô ! Vous êtes toujours là !

— Oui ! Et vous n'aurez jamais mon entreprise, c'est bien compris ?

— Monsieur Poitiers ! À votre place, je ne serais pas si catégorique !

— Monsieur peu importe votre nom ! Je vais porter plainte contre X pour harcèlement et tentative de chantage !

— Êtes-vous bien certain que c'est bien votre intérêt ?

Vous allez vous jeter dans la gueule du loup.

La justice ne va pas vous louper, vous le savez parfaitement, alors à votre place je serais plus arrangeant et moins arrogant.

Tenez, pour vous prouver que je ne suis pas si inhumain, je vous propose même un emploi dans « Médex ».

— Mais vous êtes fou ! Vous croyez que je vais me laisser faire et rester les bras croisés ?

— Bon cela suffit ! Fini de jouer, vous allez accepter mon offre, sinon, ces documents seront demain sur le bureau du juge.

Écoutez bien ! Je ne vais pas vous voler votre entreprise, je vais vous l'acheter pour le prix qu'elle vaut aujourd'hui, c'est-à-dire dix mille euros.

Et je suis généreux, avec cette somme vous pourrez vous payer un camping-car, car j'ai entendu dire que vous avez hypothéqué vos appartements, je me trompe ?

— Mais vous êtes fou ? Vous croyez que vous allez avoir mon labo pour cette somme ridicule ?

— Oui Monsieur ! Et je vous conseille d'accepter, le prix de l'offre pourrait baisser !

Écoutez bien ! Je vous laisse jusqu'à demain pour prendre votre décision. Après, cette offre cessera d'être valable.

À demain, Monsieur Poitiers !

Jean-Bernard n'en revenait pas. Comment était-ce possible ? Comment pouvait-on l'humilier de la sorte ? C'était une situation presque irréelle, cette personne qui le harcelait, était-il fou ? Avait-il toute la tête pour oser tenir de tels propos et impertinentes allégations ?

Mais comment risquer d'ignorer ses menaces ? Il savait parfaitement que si la justice mettait son nez dans ses affaires, il allait tout perdre, son labo bien entendu, mais il allait se retrouver en prison pour de longues années, à cause de ses médicaments nocifs qu'il vendait, qui plus est au prix fort.

Poitiers ne savait plus quoi faire, il était complètement dépassé par tous les événements qu'il avait enduré depuis ces quelques semaines, et pour finir, il subissait l'estocade, on voulait son labo, la seule chose et l'unique source de revenus qu'il lui restait.

Il était quatorze heures, il prit sa sacoche et rentra chez lui. Géraldine, étonnée de le voir si tôt, lui qui n'arrivait jamais chez lui avant vingt et une heures, fut complètement surprise.

— Jean-Bernard ! Qu'est-ce que tu as ? Tu es malade ?

— Non ! Enfin pas au sens que tu l'entends, je suis complètement déboussolé.

Je crois que cette fois, nous n'allons pas nous en sortir !

— Mais qu'est-ce qui t'arrive ? Je ne t'ai jamais vu comme cela, tu me fais peur !

Jean-Bernard allait expliquer à son épouse les insensées exigences d'un maître chanteur dont il ignorait le nom, mais qu'il voyait déterminé à mettre ses dramatiques menaces à exécution, si on ne lui cédait pas le labo pour cette somme ridicule.

— Mais on ne peut rien faire ? questionna Géraldine, dans tous ses états.

— Je crains que non !

Nous sommes totalement coincés, comme tu sais, nos produits ne sont pas acceptables, pire ils seraient même dangereux.

— Mais qu'allons-nous devenir ?

— Je ne sais pas Géraldine ! Je ne sais pas ! Plutôt, si ! Nous allons nous retrouver à la rue, et pour moi, ce serait un miracle si j'échappe à de longues années d'emprisonnement.

Géraldine, tout d'un coup, se sentit mal et s'écroula sur le divan. Alors, Jean-Bernard se précipita à ses côtés et lui prit la main en essayant de la rassurer.

— Mais voyons ! Ne te mets pas dans ces états, tu verras, nous trouverons une solution !

Il essayait de la rassurer, mais lui-même n'avait pas de réponse pour résoudre l'angoissante situation qu'ils vivaient.

— Demain, il doit me contacter pour avoir une réponse, je vais tout essayer pour le faire changer d'avis et le raisonner, parce que cette histoire est une pure folie. Pour moi, c'est l'œuvre d'un illuminé ou d'un inconscient frénétique, personne de sensé ne se conduit de la sorte.

— J'espère que tu as raison et que ce cauchemar va

s'arrêter.

— Oui ! Fais-moi confiance, je vais le raisonner, tu sais, j'en ai vu d'autres.

Jean-Bernard, en tentant de rassurer son épouse, essayait inconsciemment de se convaincre lui-même, il savait qu'il n'avait aucun levier ou justification à opposer à son insaisissable personnage.

Le lendemain, comme prévu, Gérard allait contacter Jean-Bernard.

— Alors ! Avez-vous réfléchi à mon offre ?

— Écoutez ! Pourquoi ne nous rencontrons nous pas ? Je suis certain que nous pourrions arriver à un accord, qui nous satisfasse tous les deux !

— Mais je crois que vous n'avez pas bien compris ! Je veux vous acheter « Mhédex », et son prix actuel ne dépasse pas dix mille euros, et vous le savez parfaitement. Si j'étais méchant, je dirais même que sa valeur n'excède pas le prix de récupération des matériaux.

Vous savez que votre labo est ruiné, tout comme vous, il est mêlé à la production de médicaments dangereux, élaborés avec des importations de matières douteuses chinoises.

— Il me semble que vous n'êtes pas au courant, nous avons rompu notre contrat avec les Chinois et désormais, nos matières sont toutes estampillées d'origine française.

— Oui je sais tout cela ! Mais il est trop tard, le mal

est fait, votre nom sera toujours associé au scandale qui commence et qui va se répandre.

— Mais si mon labo est en si mauvaise posture, pourquoi tenez-vous absolument à l'acquérir ?

— Je vais vous l'expliquer, puisque vous y tenez tant ! Tout simplement pour vous éviter la longue peine de prison et le déshonneur qui vous attend !

— Je ne comprends pas. De quoi parlez-vous ?

— Monsieur Poitiers, vous n'êtes pas naïf, vous savez parfaitement que si je divulgue mes documents à la presse, vous allez au-devant d'un scandale qui vous mènera irrémédiablement à un procès duquel aucun des meilleurs avocats ne vous évitera une longue condamnation financière accompagnée d'une lourde peine de prison.
Pour vous et votre famille, ce sera la ruine, vous ne pourrez pas faire face à la colossale somme d'argent dont vous aurez à vous acquitter.
C'est cela que vous voulez ?

— Non ! Non ! Bien entendu ! Mais pourriez-vous m'accorder vingt-quatre heures pour y réfléchir ?

— Bon d'accord ! Mais pas une de plus, vous voyez que je suis arrangeant. Vous savez, je ne veux que votre bien ! Au revoir monsieur Poitiers, à demain, même heure !
À peine avait-il raccroché avec Gérard, qu'il appela son banquier Jean-Yves Delorme.

Une idée lui était passée par la tête, donner les dix mille euros en cash à l'inconnu pour qu'on le laisse tranquille.

— Bonjour Jean-Yves ! Comment vas-tu ?
— Tu vois, au boulot comme toujours !
— Écoute ! J'ai un petit souci, mais c'est urgent, pourrais-tu me recevoir aujourd'hui ?
— Oui, bien entendu, passe quand tu veux je n'ai rien de spécial prévu ce matin.
— Ah, génial ! À onze heures, ça te va ?
— À onze heures, c'est parfait ! À tout à l'heure, « *ciao* » !

Jean-Bernard prit quelques documents dans son coffre-fort, les plaça dans sa mallette, et se rendit directement à son rendez-vous.

À la Banque, Jean-Yves Delorme, son banquier, l'attendait.

— Bonjour Jean-Yves !
— Bonjour Jean-Bernard ! Alors, quelle est cette urgence dont tu me parlais ?
— J'aurais besoin d'un prêt de dix mille euros, tu penses que c'est possible ?
— Attends ! Tu n'oublies pas que tu as les hypothèques des deux appartements ? Et par ailleurs, les revenus du Labo ont brusquement chuté.
— Oui, c'est exact j'ai changé de fournisseur, Maintenant, les produits sont meilleurs, mais beaucoup plus chers, c'est certain que mon chiffre

d'affaires a fait une chute vertigineuse, mais je te rassure ce n'est que passager.

Jean-Bernard sortit les nouveaux contrats d'achat de matière première, et les montra à son ami Jean-Yves.

— Regarde, les nouveaux prix par rapport aux anciens, ils sont presque deux fois plus chers !

— Mais pourquoi as-tu changé de pourvoyeur ?

— Oh ! À cause des foutues normes, elles sont chaque fois plus contraignantes !

— Je comprends mieux ta soudaine chute des rentrées, mais tu es certain que tu vas pouvoir répercuter la différence sur tes médicaments ?

— Oui ! Pas de problème, tu sais que ce sont des nouvelles molécules extrêmement efficaces sur le cancer, personne ne voudra s'en passer et revenir aux anciens traitements, c'est certain !

— Bon ! En ce qui me concerne, je ne vois aucun souci, mais comme tu sais, le dossier doit passer en commission.

— Oui je sais ! Et je compte sur ton appui, naturellement.

— Voyons, tu sais que je ferais l'impossible ! D'ailleurs, je vais le taper moi-même à l'instant, tu vas le signer, et je vais l'inclure aux validations de demain. La réunion est pour dix-heures.
Je t'appellerai aussitôt pour te confirmer la décision.

— Merci beaucoup, Jean-Yves, j'attends ton coup de fil avec impatience !

— De rien, voyons ! Au fait, Géraldine et Léa, comment vont-elles ?

— Bien ! Bien, très bien ! Toujours en pleine forme. Jean-Bernard, confiant, quitta la banque et retourna au bureau. C'était sûr, son ami allait lui accorder le prêt avec lequel il pouvait se débarrasser de son, maitre chanteur. Le soir lorsqu'il rentra chez lui, il ne dit mot de cette démarche à Géraldine. Il avait décidé de régler cette affaire seul, comme il avait presque toujours fait.

27

Tony se croyait en relative sécurité, dans le camping, même si en définitive, il n'avait pas pu fournir le moindre document d'identité à l'accueil. Cependant, les agents du « *C.N.I. Centro Nacional de Inteligencia* » étaient sur ses traces, et n'allaient pas le laisser filer aussi facilement.

Il fut rapidement localisé par les Policiers, qui mirent en place une surveillance constante pour évaluer le meilleur moment de l'appréhender sans mettre en danger les autres occupants du camping parmi lesquels se trouvaient un grand nombre d'enfants.

Faire intervenir les « *G.E.O. Grupo Especial de Operaciones* » parmi la foule était extrêmement risqué, surtout que l'on savait que Tony Cambrera était armé et prêt à tout.
Alors, il fut décidé d'intervenir en dehors du camp, lorsque celui-ci quittait les lieux en voiture pour se rendre à un quelconque ravitaillement.
Les policiers le prirent en filature à plusieurs reprises pour déterminer le meilleur endroit pour l'intervention et l'arrestation.
Ils n'allaient pas tarder à monter l'opération, ils craignaient qu'il ne disparaisse de nouveau. Alors quatre jours après, connaissant ses habituels déplacements pour se ravitailler en nourriture, ils placèrent un barrage filtrant sur la petite route qui longeait la côte par laquelle il se rendait invariablement chaque jour pour effectuer ses achats.
Bien entendu, dès qu'il quitta le camping, il fut pris en filature par plusieurs véhicules de police banalisés.
Mais arrivant près du rond-point où avait été placé le barrage, Tony, au lieu de ralentir, appuya de tout son poids sur la pédale d'accélérateur et percuta les deux voitures de police placées en travers de la chaussée, puis fit un tonneau par-dessus de la glissière de

sécurité et se précipita dans le vide, s'écrasant contre les rochers qui bordaient la mer en contrebas.

Les secours, arrivés rapidement, ne purent que constater son décès.

28

Le lendemain matin, vers dix heures, Jean-Bernard allait recevoir l'appel de Gérard Mercier, comme prévu.

— Alors Monsieur Poitiers, vous avez réfléchi ?
— Oui ! J'ai fait des démarches, je vais vous régler les dix mille euros que vous exigez pour « Mhédex », et ainsi, tout le monde sera satisfait !
— Monsieur Poitiers, je vous ai dit que je voulais « Mhédex », pas de l'argent !
— Mais vous avez affirmé que le labo ne valait pas plus de dix mille euros, c'est exactement ce que je vous offre !
— Monsieur, vous êtes un imbécile, ou vous le faites exprès, je vous assure que je n'ai pas envie de jouer, je vous le répète pour la dernière fois !
Vous allez me vendre le Labo pour le prix indiqué, et l'affaire sera close !
Avez-vous bien compris, cette fois ?
Je veux votre réponse immédiatement, ou je divulgue tout à l'instant même ! Merde, fait chier, ce mec !

Jean-Bernard, cette fois était dépassé par les événements. Il resta sans voix. Son intellect ne suivait plus, il n'était plus en mesure de mener la moindre conversation et encore moins de discussion.
Il était complétement figé, c'était comme si le temps s'était arrêté.
Alors, au bout d'un instant, un minuscule filet de voix sortit de sa bouche malgré lui, à peine audible.

— D'accord, c'est d'accord.
— Eh bien, voilà, quand vous voulez. Ce n'était pas compliqué pourtant !
Attendez voyons, nous sommes vendredi, nos avocats se verront lundi matin chez le notaire pour régler les détails.
Jean-Bernard, complétement asthénique resta postré sur son bureau.
Dix minutes après, c'était la sonnerie de son téléphone qui allait le sortir de son accablante torpeur.

— Bonjour Jean-Bernard, j'ai de bonnes nouvelles pour toi, ton prêt est accordé, mais il faudra apporter des garanties en hypothéquant ton labo, ça n'a pas été facile, mais j'ai réussi à les convaincre.
Allô ! Allô ! Tu m'entends ? Tu ne dis rien !
Depuis déjà un bon moment, Jean-Bernard avait posé le combiné et n'écoutait plus.
Sans rien dire, il se leva et sortit de son bureau, puis rentra chez lui.

Il pénétra dans son appartement et s'assied sur le divan du salon.

— Géraldine ! Viens !

— Son épouse s'approcha intriguée et vit la mine défaite de Jean-Charles.

— Que ce passet-il ! Qu'est-ce que tu as ? Tu es malade ? Tu as mauvaise mine !

— Géraldine, nous sommes ruinés !

— Mais qu'est-ce que tu racontes ? Je sais que nous avons perdu toutes nos économies avec le rapt de Léa, mais avec le labo nous allons pouvoir payer les hypothèques et récupérer nos appartements !

— C'est fini ! Nous n'avons plus rien, « Mhédex » n'est plus à nous !

— Mais Jean-Charles, tu délires le lab…

Jean-Charles soudainement l'interrompit.

— Le labo n'est plus à nous, je l'ai vendu !

— Mais comment ça tu l'as vendu ?

— Oui, pour dix mille euros.

Jean-Charles expliqua avec tous les détails des catastrophiques faits qui avaient conduit à cette affligeante et tragique situation.

Il avait tout essayé, tout tenté pour éviter leur ruine, mais il avait échoué.

Il leur fallait désormais partir de zéro, et trouver un travail, car la somme de la vente du Labo ne suffirait même pas pour payer les nombreux frais en cours.

Et où allait-il trouver du travail à ses cinquante-cinq ans ?

— Mais ou allons nous habiter ?
Questionna Géraldine.

— Je ne sais pas ! Pour le moment, nous allons essayer de louer un petit meublé en banlieue, nous avons deux mois devant nous pour trouver quelque chose. Après, il faudra libérer l'appartement, et c'est la même chose pour celui occupé par Léa.

— Mon Dieu ! Pourquoi tant de calamités, s'abattent-elles sur nous ? Et Léa, que va-t-elle devenir ?

— Elle est jeune et diplômée, je ne m'en fais pas trop pour elle, même si ses choix amoureux ont toujours été une véritable calamité.
C'est pour nous que je suis inquiet, il ne faudra pas compter sur nos amis, ils vont vite nous tourner le dos. Tu sais, le malheur est contagieux, et nous n'appartenons plus au même monde désormais.
C'est terrible, mais c'est comme cela, rappelle-toi, nous pensions la même chose.
Pendant tout le week-end, ils allaient tenter de contacter leurs amis et connaissances, mais comme l'avait si bien décrit Jean-Bernard, personne n'allait avoir la moindre complaisance pour leur venir en aide.

29

Lundi matin, comme prévu, Jean-Charles reçut l'appel de Gérard Mercier.

— Bonjour Monsieur Poitiers, j'imagine que vous avez fait le nécessaire auprès de votre avocat !

— Oui, tout est en règle, bien entendu, je suppose qu'il est inutile que l'on revoie les termes du contrat de vente ?

— Vous supposez bien, Monsieur Poitiers ! Le rendez-vous est prévu à quatorze heures chez le notaire, mon avocat va vous indiquer l'adresse.

À l'heure prévue, les deux avocats se rencontrèrent au cabinet de Maître Albert Levy, où la vente fut conclue et enregistrée, sans le moindre problème.

Désormais, le Laboratoire pharmaceutique « Mhédex » appartenait à Gérard Mercier.

Jean-Charles allait par la même occasion apprendre le nom de l'acquéreur de son entreprise.

Son ancien employé, auquel il avait fait subir les pires brimades, humiliations et ignominies et pour finir, le licencier sans la moindre indemnité.

Gérard, comme promis, allait contacter Jean-Bernard, cette fois avec sa véritable voix, pour lui faire une proposition.

— Allô ! Bonjour Monsieur Poitiers ! Je crois que vous cherchez du travail, m'a-t-on dit, je me trompe ?

— Bonjour Gérard ! Mais qu'est-ce qui t'a pris de faire une pareille chose ?

— Oh ! Tu sais Jean-Charles ? Tu permets que je te tutoie n'est-ce pas ? Cependant, je préfère que tu me vouvoies désormais. Tu vois, les choses changent, ça va ça vient, c'est la vie !

Bon, en tout cas, si cela t'intéresse, j'ai un poste à pourvoir, celui que j'occupais avant mon licenciement, tu te rappelles ?

Jean-Charles, furieux, ne répondit pas et raccrocha son téléphone.

Épilogue

Quelque temps allait passer, lorsqu'un jour, vers sept heures du matin, dans son appartement de l'avenue de l'Opéra, Gérard prenait sa douche, lorsque la sonnette de l'entrée se fit entendre.
Il enfila rapidement son peignoir, et se précipita jusqu'à la porte d'entrée.
Il l'ouvrit et se trouva nez à nez avec Léa, une arme à la main.

— Léa ! Que fais-tu là ? Qu'est-ce qui se passe ?

Sans prononcer le moindre mot, Léa vida les sept balles du barillet de son revolver Smith & Wesson 686 PC sur Gérard Mercier, qui s'écroula sur le sol, mortellement blessé.

FIN

LA LOI DU TALION

LA LOI DU TALION

Du même auteur

— **Notre petite Maison dans la Prairie**
(Récit autobiographique)
— **Les dessous de Tchernobyl**
(Roman)
— **Le Piège**
(Roman)
— **Amitiés singulières**
(Amitiés Amour et Conséquences)
(Roman)
— **Nature**
(Récit)
— **La loi du talion**
(Roman)
— **Le trésor tombé du ciel**
(Román)
– **Prisonnier de mon livre**
(Récit)
— **Sombres soupçons**
(Roman)

Biographie :

Jose Miguel Rodriguez Calvo
né à « San Pedro de Rozados »
Salamanca (Castille) Espagne
Double nationalité franco-espagnole
Résidence : France

Del mismo autor

Publicaciones en Castellano

— **Perdido**
  (Novela)
— **Tierra sin Vino**
  (Novela)
— **El tesoro caído del Cielo**
  (Novela)

Biografía:

Jose Miguel Rodriguez Calvo
Natural de «San Pedro de Rozados»
(Salamanca) España
Doble nacionalidad hispanofrancesa
Residencia: (Francia)

jose miguel rodriguez calvo